KB083584

마티에르, 그 저문 들녘에서

시와소금 시인선 · 102

마티에르, 그 저문 들녘에서

박정보 시집

「화려한 날 · 2」 화선지, 수묵담채 40×30㎝
속표지화 · 내지화 ｜ 素雲 박정보

시와소금

▌박정보

· 대구광역시 출생.
· 2013년 계간 《시선》으로 등단.
· 시집 『아버지』 『마티에르, 그 저문 들녘에서』가 있음.
· 현재 한국문인협회, 삼척문인협회, 두타문학회 회원.
· 공학박사, 강원대학교 명예교수.

· 주소 : 강원도 동해시 중앙로 7 (용정동) (우25776)
· 전자주소 : pjbo@hanmail.net
· 휴대전화 : 010-8798-5502

절정에서 피운 꽃이 아니라
마음 쓰리고 부대낄 때 토해 놓은
노트 속 헝클어진 언어들이다
스스로 속내를 다독이던 흔적들이며
한 줄의 시로 발아되면
고마울 풀씨 같은 것들이다

때마다 물들여진 마음속 색깔들
무정하게 낡아가는 기억을 온전히 잡아둘 수 없어
무채색으로 돌아가기 전에
이것저것 먼지를 털고 닦는다

또 한 번의 부끄러운 흔적을 남기지 않을까
걱정하면서
한동안 쌓인 마음의 창고를 비운다

素雲 박정보

| 차례 |

| 시인의 말 |

제1부 객토

제2부 오독의 귀

제3부 굽은 기둥을 읽다

제4부 붉은 안녕

제5부 자화상

작품해설 | 박해림

제 1 부

객 토

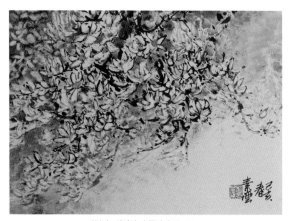

「봄날」화선지, 수묵담채 33×24㎝

사과밭에서

옥산면 금학리*에 9월이 오면
태양이 낳은 성년의 몸뎅이들이 열꽃으로 핀다
불시울 하나씩 품고 절정으로 치닫는
대낮의 뻔뻔한 정사 후 같은 얼굴들을
따가운 햇살도 잠시 외면하는 오후

제 몸 몽오리에서 마구 터져 나오던
뽀얀 젖빛 꽃으로 쩔쩔매던 저것들,
초경初經의 그 봄날을 은밀히 묻어놓고

삼복의 천둥 속에서도
서둘러 몸속 물기를 가두고
염천 아래 푸른 관능을 탱탱히 살찌웠나니
9월의 색조 짙은 화장으로
이른 외출을 서두르고 있다

* 금학리 : 경북 의성군 소재 지명

박각시나방

기다리지 않는 황혼녘이 목덜미에 내려앉을 때
낮을 거부하며 다문 박꽃 입술은 열리고
잠을 깬 박각시나방이 날개를 펼친다
나비와 벌새의 중간 어디쯤, 낮을 버린 어스름 달빛
벌새의 허우대에 나비의 허울을 입고
빛의 수풀을 날아다니며 밥을 구하는 길이다

원치 않는 밤을 천직으로 얻어 산다던 이민 간 친구
해를 등에 지고 잠들어야만 했던 그가 살아온 세상은
낮도 밤도 어둠뿐인 박각시나방
밥그릇 싸움에서 밀리기만 하다가 포기한 낮
희미한 명줄을 지켜낼 달빛 길을 걸어왔다
뭉뚝한 꼬리 하나만 더 달면
햇볕 속을 비행하는 벌새처럼, 어쩌면
찬란한 정지비행도 해 보리라 꿈꾸던 나방

달빛이 길이고 핸들인데
눈부신 전조등 불빛 속으로 난파선처럼 흩어졌다

별빛을 덮은 도회지의 대낮 같은 밤이
그의 박꽃으로 가는 지도를 지워버렸다

객토客土

봄과 겨울의 사춤을 메우는 싸늘한 잿빛 논 위에
황토무지가 붉은 꽃처럼 여기저기 피어있다

꽃 피우고 맺었던 알곡이 거두어진 빈 들
땅도 사랑을 하고 자식을 낳아 키우다 늙고 병이 든다
포클레인 삽이 허기진 논에 황토밥을 떠먹이고, 때로는
수혈관이 되어 심장까지 콸콸 흘려 넣는 피가 몸을 덥힌다
젖줄을 불리려는 쇠진한 어미의 미역국 같은
면식 없는 흙들의 이 조우가
또 한 번의 열매를 위해 낯섦을 껴안는다

그 낯섦이 싫어 빗장 지른 가슴으로
낳고 안아 기르며 파 먹힌 내 등줄기
안다미로* 채우려고 채찍만 휘두른 나의 삶은
이젠, 풀꽃 하나 피지 않는 쭉정이 만발한 빈 들
마른 혈관 속에 물 한 사발의 객토로
시린 바이칼 호수를 마시고 싶다

대지의 몸속 온난의 피가 껴안는 소리
포클레인의 배기관으로 철, 철, 철 들린다
내 가슴에서도 저런 소리 청진기로 듣고 싶다

* 안다미로 : 그릇에 넘치도록 많게 담음.

Take out

은은한 조명 아래
테이블 위에 오를 커피잔이 아니면 어때
낙엽 구르는 계절엔 바람 따라 떠도는 종이컵도 좋으리

처음 만난 손에 안겨 문밖을 나서는 뜨거운 잔
부드러운 두 손길로 허리를 감싸 안긴 채
우리는 얼마나 흔들리며 길을 갈까
온도가 낮을수록 체온이 체온에게 끌리는 낯선 조우들
입술에서 입술로 열기를 건네는 은밀한 순간
혀끝은 달콤한 사랑이라 음미하고
출렁이는 열정은 죄다 태워버릴 듯
그러므로 두 번의 사랑을 위한 여분은 없다

남은 체온과 옅은 향기마저 손아귀를 빠져나가면
세상 어느 모퉁이라도 좋다
가볍게 문턱을 나섰던 것처럼 잡은 손을 쿨하게 놓고
순식간에 이별을 고할 것이다
돌아보거나 기다림 따위는 없어

바람 속을 구르다가 시궁을 떠돌아도
붉은 낙엽처럼 뜨거웠던 종이컵
구겨져도 아프지 않아…

마티에르, 그 저문 들녘에서

부드러운 뿔을 세우고 출향했던 푸른 날의 사슴
이제, 귀소 길 지워진 뿔의 우듬지엔 각질이 하얗다
언젠가는 흙바람 쓸고 갈 망각의 무덤에 누워
내가 물고 있을 비문의 말 지평에 그리고 있다
잿빛으로 낡아가는 기억의 보풀들을 그러모아
달빛 북만 돋우는 미장되지 못한 캔버스
아직도 나는 거친 붓질을 하고 있다

보색 같은 우리들의 조우가 파렛 위에서
번쩍이는 나이프 아래 얼싸안고 기꺼이 으깨지던 날
거친 대지 위에서도 무지개를 꿈꾸지 않았던가
이제, 바스락거리는 들판은 목마른 철새들이 돌아올 시간
물기 촉촉했던 봄날의 이부자리 꿈결에 펼쳐 누우면
굳어 날지 못한 발목은 너의 질긴 연緣을 풀지 못하고
저문 들녘, 어제의 시간을 덧칠하고 있다

* matiere : 물감, 필촉, 화지 등에 의해 그림 표면에 나타나는 질감.
  대체로 두터운 채색과 거친 표현 기법으로 그림을 완성.

해빙기 解氷記

비는 송곳을, 바람은 칼날을 숨기고
천년을 오고 가도 태연했을 저 산 절개의 벽으로
소리 없이 숨어들어 금을 긋는다
누군가 산의 가슴을 열고 가로질러간 후
다급히 닫은 틈을 비집고
비의 촉수가 교묘히 기면에 빠트리는 동안
바람은 뼈가 드러난 바위로부터 발골의 날을 가늠하고 있다
비가 스미고 바람이 후벼든 날부터
몸속의 물기는 죄다 결빙의 사슬이 되어 단단히 묶고
바람은 묻어둔 무처럼 파고들며
난도亂刀로 뼛속에 길을 여는 빙하기
벽은 눈치채지 못하고 울음마저 봉인되고서야
내장에서부터 해체의 몸살이 서서히 시작된다
구제역으로 팽팽히 부푼 소의 복수처럼
짓무른 빙하의 문장들이 벽을 열고 흘러나오는 시간
바람의 세포들이 주저앉힐 무릎을 포식한다
한 번의 천둥소리만
봉인된 입속 유언으로 남겨둔 채

시인과 바다

겨울 바닷가 돌밭을 걷는다
백석리* 바닷가에서 몽돌을 찾다가
흰돌 펜션, 백석2길, 안내판이 보인다
백석白石이 분명하다

문득, 백석 시인의 시가 떠오른다
—나와 나타샤와 흰 당나귀
저 길 쭉 가면 어디쯤 시인의 집도 보일까

돌밭에서 나는,
속이 빈 흰 돌 하나 차갑게 껴안고
백석은 차가운 소주잔을 뜨거운 입술로 마신다

우리 사이 무슨 지울 인연 있다고
흰 눈 펑펑 쏟아지나

쏟아지는 눈 속으로 시인의 당나귀는 돌아오는데
누구의 나타샤가 될 나의 나타샤는, 가네

입술만 깨물던 나를 뒤돌아보며

지금도 가고 있네

* 백석리 : 경북 영덕군 병곡면 백석리.

빙폭氷瀑

어둡고 싸늘한 곳에는
낮은 곳으로만 길을 내던 물도
돌아서서 발자국을 덮는다
삶의 온도가 곤두박칠 때마다
순리의 혈관을 살 속 깊이 묻고
온몸 쏟아붓던 거친 벼랑을
담쟁이처럼 오른다
세상이 시릴수록 물이 곧추세우는 등뼈

흐름이 박제된 젊은 날 한 때
순종의 고드름이었던 내게도
가운데 손가락처럼 하늘 향해 치켜들었던
후미진 곳에 켈로이드*가 있다

얼었던 담쟁이 손 꿈틀거릴 때면
돌처럼 굳어졌던 물도 어김없이
제 뼈를 허문다
빙예氷蘃*의 두 눈으로

가던 길로 돌아선다

* keloid : 수술이나 상처 부위에 생긴 울퉁불퉁한 거친 흉터.
* 빙예 : 눈 속에 아무 이상이 없는 듯하나 잘 보이지 않는 눈병.

백미러

앙상한 차[車]의 뼈대가 작은 거울 하나 쥐고 있다
밀봉된 시간과 핸들이 걸어온 길들이
죄다 묶인 눈[眼]의 문서

길 위에서 속도의 화살이 빠져나간 순간
불수[不隨]의 속력은
비포장 외진 길 모퉁이에 유기됐다
충혈된 전조등은 소실점까지
화살의 꼬리를 좇아간 후 돌아오지 못했다
한동안 바퀴에 머물던 바람도 슬슬 집을 나서자
곧이어 길을 잃은 빗물들이 우르르
괄약이 느슨해진 창문으로 들어섰다
길 위에 고인 물을 마시며
미분[微粉] 되어가는 제 살의 옷을 한 겹씩 벗는 동안
다 태우지 못하고 식어가는 심장은 불가역적 정지될 것이고
온갖 염증이 우글대는 혈관들이 먼저 문을 닫을 것이다
통증은 최후의 하나가 작동될 때까지 작동되었고
그것들이 흘린 신음은 부록의 문장이다

검은 문신처럼 지우기 힘든 그리움이
지순한 문장으로 퇴고 된 반세기
지나가던 햇살이 반짝 거울 속 문장을 흔들면
가끔 귀퉁이로 터져 나오는 밀봉된 지난날들

테트라포드[*]

파도가 높은 동해안 방파제에는
서로를 껴안은 것들이 해안을 이루고 있다
네가 무너지면 나도 무너진다는
너 없이는 못 살겠다는 저 무리에 뛰어들면
금세 녹아들어 나도 묻힐 수 있겠다

파도가 아무리 옆구리를 치며 파들어도
풀어지지 않는 믿음의 팔깍지
고난의 너울이 출렁일수록
더욱 조여 안는 70톤의 몸깍지들

자그마한 찻집
창 쪽에서 비스듬히 바라보는
부드러운 입술로 온몸을 적시고 있는 저 관능들
식어가는 화로를 뒤적이게 한다

쓴 커피 잔에 얼비친 지난날
깍지 꼈던 내 팔은 왜 파도에 풀렸는지

저물어 가는 갈색빛 바다에서
스푼의 노를 저으며 찾아본다

* tetra-pod : 방파제 보호 블록, 일명 '삼발이', 무게 5~100톤.

미노타우로스*
— 어느 교민의 망향가

바다를 터전 삼아 물고기로 살다가
숨찬 가슴이 소스라쳐 물 밖으로 코를 내미는 고래
한 됫박 거친 숨을 끌어안으면
번지수 지워진 고향길이 숨비로 딸려온다
부유물 사이를 헤쳐 온 먼 길 되돌아보며
어디로도 귀화되지 못한, 바다를 배회하는 뭍의 몸엔
지도를 잃어버린 이방인의 주홍글씨가 새겨져 있다
한때 고향의 뭍으로 무작정 치닫은 순간
중력에 맞섰던 부력과 내장이 지르던 비명들이
작열하는 입술의 화살을 맞고 황망히 돌아온 날부터
'고향은 먼 데서 그리워하는 게 맞다'는 말은 그들의 주술이 된다
차가운 바다에서 새끼를 낳으며 타지를 떠도는
비늘도 아가미도 없는 물고기
어둠이 내리면 자신의 뿌리를 찾아 떠난다

기둥으로 선채 잠든 고래들의 꿈은
늘 같은 방향으로 기울어져 있다

* Minotauros : 반인반수伴人半獸, 상체는 소 하체는 사람인 괴물.

마블링*

무지갯빛 잉크가 잉어처럼 헤엄친다
안을 수 없는 몸들이 서로의 꼬리를 물고 맴돈다
물 위를 걸어간 행적을 다 헤아릴 수는 없지만
우연의 한순간만이라도 잡아채려고
촘촘한 백지의 그물을 들고 길목을 지킨다
눈부신 뭉게구름 푸른 하늘에 올이 풀리듯
맴도는 저 잉크, 점성의 끈을 풀기 전에
백지 믙에 누이고자 한다

빛깔과 빛깔이 만나고 스쳐 가는 길
겹겹의 등고선이 일어서고 무너지는
미로의 저 소용돌이
꽃무늬와 얼룩이 경계선에 출렁일 때마다
빙빙, 어지럽게 돌기만 하다가
반짝 빛나는 한순간이 유성처럼 스쳐 가고
물 위에서 만나고 헤어지는 무늬들…
믙으로 오르지 못한 얼룩의 알몸들이
처음이자 마지막 포옹을 한다

* marbling : 물과 유성물감을 이용하여 종이나 헝겊에 아름다운 무늬를 얻는 미술 기법의 한 가지.

잔도공棧道工*

걸어가는 길이 믿음이 흔들릴 때면, 문득
절벽도 막다른 길이 아닌 곳을 생각한다

여물지 못한 허공을 딛고
천 길 암벽의 허리를 돌아 열려있는 길
마른 벽 옹이만 더듬어 구멍을 뚫고
늑골 하나 절벽에 단단히 박아 한 뼘 길을 짓는 사람
벽에 박힌 뿌리가 늘 모자라
거미처럼 바닥 없는 길을 다니는 일 말고는 디뎌 본 게 없어
구름의 깊이를 외면한 발이 낭떠러지에 선다
등 뒤에 일몰이 젖을 때면
이쯤에서 매듭을 묶고 말겠다던 길
암벽에 번진 얼룩 같은 날들이 풍장風葬되어 간다

허공이 발밑에서 깃발처럼 울어대는 날
나뭇가지처럼 흔들리는 맨발이
아슬아슬 이승의 경계를 돌아 나간다

* 잔도공 : 험한 산기슭이나 절벽에 선반 같은 길(잔도)을 만드는 사람.

소리를 보다

아들이 말했다
듣지 못하는데 시낭송회에서 무얼 할 수 있느냐고
아내도 말한다
들리지도 않는데 가요무대*를 열심히 본다고

그럴 때마다 나는 안다
못난 귀는 내게 있어도 아픈 몫은 같다는 걸

아들아, 바람소린 내 귀에 머물지 않고
너의 노크 소리도 들어올 수 없지만
숲들의 말과 풀이 자라는 소리 언제나 시끌벅적,
내 귓바퀴가 그리 외롭지만은 않단다

아내여, 나지막이 건네었던 우리의 밀어를 잊었는가
함께 했던 맹세 부르던 노래 그리우면
나는 귀로 듣는 게 아니라 가슴을 열고 본다오

모두가 세상 말소리에 귀를 기울이는 동안
내겐 가끔, 귀 없는 자의 말소리가 보인다오

* 가요무대 : KBS 음악 프로그램.

인공 관절

구르던 낙엽이 빗속에 무릎을 꿇는 오후
승화장 처마 밑에 주저앉은 관절들이 웅크리고 있다
외간 자식처럼 족보에서 쫓겨난, 인공이란 노예의 이름으로
망자의 무릎을 열고 낡은 돌쩌귀 대신 들어앉던 날
사막도 늪도 두려움 없이 떨치고 일어서서
굽은 지팡이를 버리게 했던 윤기 나던 보행
죽어서도 상여 밖으로 밀려난 무릎들이다

싸늘해진 무릎에 싸인 채 불길에 뛰어든 시간 동안
한 몸이었던 망자는 눈물도 없이 한 줌 연기로 떠났다
함께 떠받치던 기둥들이 몇 줌의 가루로 항아리에 봉안될 때
죽어도 죽을 수 없는 잿빛 주검으로
습골의 미늘에 끌려 이승으로 되나왔다

조용히 내리는 빗속을 굴러가는 바퀴를 타고
절름거린 한 생이 미끄러지듯 떠나는 망자를 배웅하고 있다
검은 옷을 입은 산 무릎들이 분주히 사라져 버린 적막한 어둠
무릎을 꺾고 따뜻한 혈의 기억을 더듬는,

강제 퇴거된 저 자유의 관절은

어느 화덕에서 다시 무릎으로 환생할까

팽이
— 지하철역에서

무너져서
일어서지 못하는 등뼈들이 누워있다
후려치는 통증으로 꿈틀거리며,
비틀거리다가 쓰러지기도 하는 몸들

돌지 않으면 아주 잃어버리고 말,
더듬더듬 찾아가는 세상 위에 한 점
돌아가는 지축 위에 축 하나 세우는 일이
오로지 도는 일 말고는 없어, 산다는 건
온몸에 채찍을 감고 견디는 일
미끄러운 세상 바닥에 틈을 비집고 직립하는 일
응달이 내민 언 손을 잡고 서늘한 등줄기를 세운다

흔들리며 일어서는 어깨 위에
어쩌면 오늘은 피어날지도 모를
무지갯빛 무늬를 위하여
하루의 뼈가 일어선다

제 2 부

오독의 귀

「여름의 기억」 화선지, 수묵담채 24×33㎝

아직도 새를 죽이고 있다

나이 스물둘, 첫 월급으로 공기총 한 자루를 할부로 샀다
그해 가을 토요일 오후부터 일요일 해 질 때까지
짐승처럼 들판을 달리며 나르는 것들에게 총질을 해댔다

고희의 오늘 아침, 거실 밖 유리창 아래
주먹만 한 새 한 마리 엎드린 걸 보았다
두 손으로 감싸도 미동 없다
치료할 방법을 알지 못하지만 살아있기만 바랐는데
푸른빛 큰 유리창에 구름 선명하게 비치니 거침없이 날았으리
툭, 소리 한 번에 이승과 저승이 갈리고
툭, 총소리 함께 지상으로 날개 접던 새들

저 새에게 오늘은, 총 대신 유리문으로 덫을 놓은 셈이네
뒤란 대밭 눈 덮인 날
먹이통을 달아 주겠다고 작심했는데
나는 아직도 새를 죽이고 있었네

술독

절절 끓는 아랫목 구석에서 거적을 두르고
신열身熱을 이겨내려 속이 끓고 있다
부글거리는 속내를 주체 못해
툭툭 터트리는 잔 울음들이 목까지 차올라
트림으로 뱉는 간헐의 숨비소리
폐공의 방안이 취기에 젖는다

아직도 문드러져야 할 가슴이 더 남았다고
할 말이 많겠지만 턱밑까지는 참아 보라고
그래야만 네 속을 송두리째 비워줄 수 있다며
거적을 다독여 주던 손이
슬그머니 옷섶을 헤치는 음험한 저 눈빛과
검지 끝에 촉각의 혀를 곤두세워 꾸~욱 찌르는,
움찔하는 경련의 통증을 맛보는 수모를 안긴다

곰삭아 부풀어 오른 걸쭉함이 더 할수록
탐닉이 빨아들이는 입술 끝 포물선이 치솟는다
누구의 신열이 누구한테는 저리도 희열이 되는,
목선木船의 밀항자와 선주의 은밀한 관계 같은…

꽃차車

문지기로 서 있는 늙은 벗나무 세 그루, 가로수
집터를 닦는 인부의 톱날에
하마터면 밑동이 잘릴뻔한 순간
두 팔로 막아서던 내게, 올봄
꿈속 같은 무릉도원을 선사했다

집 앞을 지나는 길을 꽃터널로 만든 벗나무들
꽃샘 비바람에 화르르 다 털렸는데
화사하게 버티고 있는 우리 집 문지기들
맨 먼저 순직(?)할 뻔한 늙고 작은 나무가
마지막까지 혼신으로 피웠던 꽃
밤새 나무 아래 세워둔 승용차를 꽃장식 해 놓고
해산을 마친 산모처럼 서 있다
말 없는 나무가 그 날을 잊지 않고
제 꽃살 뿌려 보은하는 봄날

이른 봄부터 거실에서
창밖 꽃소식처럼 기다리던 어머니
전화 한 통 없는 자식 하나, 꽃이 져도 기다린다

나비를 꿈꾸다

마주치며 지나가는 체형이 사뿐한 여자와
바람같이 앞서가는 젊은 보행자의 뒤꿈치에서
무게의 조각들이 깃털로 빠져나간다
내딛는 보폭만큼 날고 싶은, 나비가 되려는 거다

피둥피둥 복어 배로 갈 짓자 걷는 자에 압도되어
북어같이 말랐던 아버지가 부끄러운 적 있다
어깨에 무거운 짐을 지고 절벽 길을 올라야만 했던
온 생生이 나비였던 아버지의 날개를 외면한 적 있다

저물녘의 나는 절벽 아닌 평짓길에서
애벌레로 오체투지 중이다
겹겹 두른 허물의 무게를 한 술씩 퍼낼 때마다
몸 보다 턱없이 컸던 아버지의 날개를 그리워하기 시작했다
나 하나의 무게로도 돋아날 줄 모르는 날개
오늘도 훨훨 날아오르려는 자들의 숲에서
여전히 나비를 꿈꾸다, 어쩌면
나방이 될지도 모를…

갈치조림

반짝이는 은빛 드레스의 굴곡을 보았다
하얀 옷섶 아래 더 하얀
파도치는 팔등신의 날 선 몸을 훔쳤다
빛깔만으로도 불혹은 혹惑하고
몸매에 깜빡 무너진 이순耳順의 발끝이
어쩌지 못하고 탐미의 문턱을 들어선다
아무도 욕하지 않는 이 타락 속으로
갈증 난 눈빛들이 등을 떠민다

꿈틀거리는 은빛 요염이 누워있고
깊은 어둠을 뚫고 장독에서 퍼 올린
부글거리는 소리조차 맛남을 어쩌랴
더 집요 해지는 혀의 까닭으로
이탈리아, 세네갈의 출렁이는 여인들
그 비린 살내음 한눈에 밀어내고
우리네 여인에게만 허락된 나긋나긋 손에
모처럼 주머니를 기꺼이 바친다

전화기

목요일에만 문을 여는 민속품 경매장에 들렀다
한 세기의 빛바랜 옷을 입은 벽에 걸린 전화기 한 대
수많은 물건 중에서 던져준 관심이 반가운 듯
먼지 쌓인 백년의 침묵 밖으로
나팔꽃 같은 송화기가 입술 쫑긋 내민다
스쳐간 입술들이 쏟은, 사랑과 미움과 웃음과 울음들을 삼켰을
저 입술도 마른 수건으로 닦아내고 싶은 아픔이 없었겠는가
부처님 귀처럼 걸려있는 나팔 모양의 수화기를 꼭 잡고
한 마디도 흘려들어서는 안 될 경전經典처럼
귀에다 귀를 포갠 긴 이야깃줄이 걸려있다
넉넉한 입과 귀
어떤 입술의 말도 거절하지 않고 대변해 준 입
어떤 고통의 말에도 귀를 활짝 열어 주던 전화기
하마처럼 어마어마한 입만 보이고
도무지 귀가 보이지 않는 이 시대에

지금 내 주머니엔
입도 귀도 제 몸속에 숨긴 손바닥만 한 스마트폰이

쥐눈만 한 렌즈를 켜고 숨소리마저 삼킨 채

옛 전화기에 경도傾倒 된 주인의 속마음을 엿듣고 있다

족제비 같은 족쇄비* 한 마리, 부르르 몸을 떨고 있다

*족쇄비 : 족쇄를 족제비에 비유하여 표현해 봄.

분재원에서

입구의 촉수들은 말미잘의 그것처럼
유혹으로 흐느적거린다
한 발 디디면 이미 돌아 설 수 없는 끈적이는 빛깔과
낭창한 향기가 어느새 발목을 감고 있다
처음 출입하는 자의 흔들리는 동공과 피의 비등점이 다른
출입이 잦은 발걸음은 미인들의 숲에서 흔들리지 않는다

내가 사는 강토疆土 어디에 있었던가, 저리 고운 것들
하나같이 환하게 꽃은 피어 있고 같은 향기가 난다
하나같이 우아한 몸짓에 계절은 언제나 봄이다
어쩌다 취객들의 농으로 입술이 터지고 치마가 들춰져도
비명이 소거消去 된 감정의 노동이 침묵으로 빛난다

잔뜩 취해 들어선 무대 뒤편 화장실
열린 쪽문 틈으로 새어드는 소리에 문득, 귀가 먼저 취기를 깬다
무언가 잘려나가는 전지가위 소리에 무거운 신음이 섞여들고
동아줄 같은 철사에 온 몸 조이 듯 뼈마디 어긋나는 소리
향기는 잘 다듬어진 한숨이고

팔등신은 뼈를 꺾어 세운 숲이었다

출구 밖으로 쓸쓸히 나온다
숨 쉬는 마네킹 같은 소비笑婢*들의 웃음소리
등 뒤에 쏟아진다

* 소비笑婢 : 곡비哭婢를 빗댄, 웃음을 파는 사람으로 표현함.

난각 혹은 난감 코드

안전 먹거리로 점지해 준 친절한 녹색마크
주머니 탈탈 털어 열 개 먹을 돈으로
다섯 알만 먹어도 좋아했던 완전식품
시퍼런 녹색 완장 너만 믿고 먹었는데
스물한 배 살충제 몰래 물고 입 다문 달걀
난각인지 난감인지 헷갈리는 두 얼굴
복면 벗고 말해줘, 나 저승길 얼마나 남았는지
친환경인증마크 탈을 쓴 70퍼센트

고맙다, 녹색마크야
이제 너만 외면해도 7할은 안전하겠구나

달빛 유감

내 눈 렌즈에도 세상 먼지가 앉아서
작은 얼굴 긴 다리가 예쁘게 보이는 것은 아니다
허리 가는 초승달이 더 좋은 것만은 아니다
볼록한 배 때문에 보름달이 싫은 것도 아니다
엉덩이 비집고 기어이 퍼질러 앉더니
다리 쭉 뻗고 뿔까지 돋운 첨탑이 점점 자라는,
판자촌 한가운데 저 철벽 같은 건물이
매일 밤 보름달로 살쪄가는 까닭이다

달빛조차 외면한 건물 그늘
조그마한 나무 창문 틈으로 보이는
흐릿한 볼록 화면 텔레비전에는 오늘도
불룩하게 배 채운 사람 여럿 마스크 한 체 잡혀간다
배부르게 배우고 배 터지게 물려받아도
늘 허기진 배불뚝이 저 입들
틀어막을 자, 누구인가

그믐달 배를 누가 자꾸 파먹는다

오독誤讀의 귀

양철 지붕을 두드리는 소나기 이명 속
점점 깊은 잠에 빠져드는 내 달팽이관
아내의 이탈된 음정이 귓바퀴를 흔들어도
귀보다 먼저 달려간 눈빛으로 살펴 들어야 하는 고단한 날들
무던히도 엿들으려던 바깥세상은 여전히 침묵하지만
해조음이 소거된 채 말라가는 내 미역귀

그리 슬프지만은 않았던 나만의 세상
잘 소통하던 사람들이 점점 무언극에 등장하는 날부터
무대를 내려와 구경꾼의 눈으로 바라보아야 했지
말[言]들이 헝클어져 덤불로 들어오는 귀 밖의 세상
가시 돋은 말도 쓰다듬으며 듣고 싶은 내 귓속은
섬이 되어간다

붉은 풍경

바스락거릴 잎 하나 없는 노변路邊 감나무
육신의 모든 마디가 구부려져 있다
다닥다닥, 머릿수를 셀 수 없는 왜소한 것들이
입동을 넘어서도 가지 밖을 벗어나지 못해
하나같이 제 심장이 타드는 반시들이다
내일이 불안한 온몸이 적색 등이다

거센 천둥 속에서도 아등바등 매달린 채
세상 속으로 단단히 걸어가리라던 꿈들이
제 어미의 발등 너머 투신한 저민 살점들
한 걸음도 허락하지 않던 길 한 뼘 적셔놓았다
산 자의 무심한 신발들이 비켜 지나가고
감나무는 노을 속에 온통 벌건 낮빛이다

조강지서糟糠之書*

평생 밥을 먹여주던 지루한 전공 책을 쫓아내고
한 끼 새참도 못 되는 달콤한 시집詩集을 방안에 들였다
새 집에 새 가구를 바꾸듯 퇴임날 냉정히 정리했다
따뜻한 방에 널브러져 있는 시詩의 어깨너머로 창밖을 내다보니
차가운 땅바닥에 거적을 쓴 채
어깨 처진 상아탑의 등선이 하얗게 낡아간다
감감 잊고 지내다가도 문득 나를 아프게 하는, 저 더미들

캄캄한 밤 거적 속에서 페이지 넘기는 소리 듣는다
푸르렀던 갈피에서 바스락거리는 고엽枯葉의 날까지
눈비에 젖지 않게 처마가 되고 밥이 되던 바위 같던 안식처
5촉 등불 아래 꼭꼭 눌러썼던 자음 모음을 중얼거리며
등이 휘어진 삶의 행간들이 밑줄 위에 앉아있네
함께 쓸고 닦으며 전전했던 단칸방을 벗어나자마자
낡은 개밥그릇처럼 쫓겨난 조강지서糟糠之書

내 먹던 밥그릇이 비에 젖고 있다

* 조강지서 : 조강지처糟糠之妻에서 빌림

052

무명 화가의 화畵, 화火, 화禍

개 꼬리 3년 묻어도 황모 못 된 나지만
반백 년 붓 잡은 동안 죽어라고
대작大作한 적은 있어도 대작代作한 적 없다
고흐의 잘린 귀보다 못 듣는 내 귀는
대작 대작 말하는 뉴스 속 그 입술만 보고
가끔 대작大作한 줄 알았는데 대작代作이라니…
저 대작 대작 변명하는 제 낯까지 대작代作하고 있다

밤새 잠도 재우지 않고 몇 날을 분칠한 대작大作
제대로 안 된 네 얼굴에 화火를 내는 난 여전히 어설픈 화가
대작代作을 못 시키면 제 그림에게도
못난 화가인 줄 알아야 하는, 개칠이나 하는 세상이 왔는지
평생을 그려도 이름을 얻지 못한 화가가 화난 것뿐인지
그림판이 깽판이 돼도 그린 그림이 잿더미 되는
화禍를 당할 일은 없는 난 영원한 무명화가

053

베이비오일을 바르며

젖먹이 자식에게도 듬뿍 발라주지 못했던
한섬*산産 아기 닮은 살빛 돌에 베이비오일을 바른다
등이며 얼굴이며 목덜미에 흠집 날쎄라
몸피의 결을 따라 사랑스러운 마사지를 시작한다
지금은, 투명한 베이비오일을 넉넉히 쌓아 두고도
어디선가 들려야 할 아기 울음소리 아득하다
이 땅 어딜 가도 방실방실 웃는 것들 지천이었는데
오래전 새벽닭 울음 같던 첫울음들,
뚝 끊어진 빈 골목
강보에 싸인 채 무시로 섭치돌처럼 떠나보냈던
한 시절의 여위고 그늘진 손
아쉬움과 궁금함이 쉴 새 없이 묻어 나오는 손으로
죄스런 어미인 양 오일을 바르고 있다
더는 돌을 낳지 못하는 마른 자궁의 강, 이젠
뾰족이 내미는 드문 싹들이 더 없는 희망이 되고
중국, 인도네시아, 필리핀, 러시아에서 온
까망, 하양, 노랑 돌들을 어루만지는 손
세상 어느 곳으로부터 이 땅을 밟는 것들에게도

곱게 곱게 오일을 발라준다

사랑한다 사랑한다 수없이 체온을 건네며

오랫동안 말해주어야만 제 얼굴을 보여주는

수석壽石의 화장化粧을 마친다

* 한섬 : 동해시 소재 해안.

출장 파쇄합니다

눈앞에서 없애드려요*
탄로 나면 안 될 비밀한 것들, 묻지도 따지지도 않아요
개인은 물론 사업체, 헌금봉투, 건물관리 검은 문서까지
없앨 것이라면 무엇이든 저희들의 귀한 고객입니다
내비게이션도 깜깜인 곳, 다리 밑 으슥한 곳에도 응급 출장합니다
의뢰인이 누군지 몰라요 알 필요도 없습니다
갈기갈기 찢어서 막무가내로 부셔드립니다
파쇄 전후 적나라 한 사진 동영상 계체량도 몽땅 드립니다
가슴속 가시, 등 뒤의 서늘한 그늘
발밑의 축축한 기억도 미세먼지로 싹 날려드립니다
발 쭉 뻗고 주무세요 믿음 확실히 안겨 드립니다

요즘 저희 사원들 코피 터집니다
너무 힘든 사원이 분쇄기에 뛰어들까 걱정된다니까요
청문회 직전 우리 사장님 엄청 끌어모았지 뭡니까
아참, 깜짝 사업 아이디어를 찾았는데요
'모르쇠' 분쇄기 출시할 예정입니다 다음 청문회 기대하세요
저희 사업 음침한 것 같아도 장래가 무지 밝다니까요

다시 한번, 무엇이든 파쇄합니다
단, 고객님의 꿈과 희망만은 사양합니다
그게 살아있는 한 우린 망할 일 없으니까요
폰 한 번에 번개처럼 달려가서 그냥, 쥐도 새도 모르게…
또 전화 왔네요

* 신문 기사 한 줄 빌려 옴.

신新 장승

등줄기 하나로 버텨오던 몸인데, 언제부턴가
가로 걸친 늑골 사이 오장육부가 적나라하다
정동맥과 신경선이 타래로 얽힌
껄껄 웃음도 이빨도 없는 속살인 장승이 서 있다

심장인 양 사각 통은 다가서면 두근거릴 듯
수많은 말과 표정들이 무시로 드나드는 길목
또 다른 우주 하나 분주히 돌고 있다
허공을 비집고 불통인 우리의 땅으로
뉘 집 귀와 눈을 향해 무량하게 날아가고
귀소의 답신을 깨알처럼 건네주는 그 길이
울퉁불퉁 진창길 수만 리라도
결코 되돌아오는 법이 없는 체부들이 머무는 곳
언어의 철가방들이 걸려있다

침마저 말라버린 무언의 땅
입술도 혀도 없는 소통의 달인, 통신탑
장승처럼 서 있다

제 3 부

굽은 기둥을 읽다

「건너가는 시간」 화선지, 수묵담채 33×24㎝

아궁이

　무심코 산골 빈 집 부엌에 들어섰다

　불 먹은 날 까맣게 쌓인 시커먼 아궁이 싸늘한 입 언저리에 휑한 바람 무시로 지나가고 뜨거웠던 그림자만 잿속에 묻혀있다 검댕 같은 지난날들에 에워싸인 가마솥 누룽지 긁던 숟가락들 도화지로 흩어지고 낡은 주걱 붙잡고 녹슨 거적 덮고 있다 그을린 흙 부뚜막에는 어머니와 그 시어머니들 살다 간 눈물들이 소금 접시로 얹혀있다 감춰도 빈속이 훤히 보이는 어미는 밥 대신 물 한 바가지로 긴 밤을 지새웠을 엄동, 아궁이 불 지펴도 체온으로 달구던 단칸방 돌쩌귀 떨어진 쪽문 틈으로 보이는 시린 아픔들이 펄럭이는 도배지에 고스란히 얼룩 잠들어 있다

　어머니, 빈 아궁이 앞에서 고향을 읽습니다

찻잔 세트

이삿짐을 정리하다가
아직도 신혼 잠인 듯 곱게 싸인 찻잔 세트가
수십 년 만에 잠을 깼다
고운 잔과 받치고 있는 접시가 한결같은데

덜렁, 홀로된 잔과 짝 잃은 접시들이 뜻밖에 많다
바빠 산다는 핑계로 미처 보지 못한 이웃의 속내같이
살다 남겨진 것들에겐 왜 이리 상처가 많은지
남은 것끼리 색깔과 모양을 짝 맞춰 놓고
사는 데까지 한 번 더 살아보라 한다

다행히 우리 둘은 긴 시간 잘 보낸 거지
부딪치지 말고 받들며 사랑으로 살자 해 놓고
때로는 서로 할퀴고 물어뜯었지
더러는 이빨 빠진 잔과 접시에 삶의 때도 묻었지만
우리는 아직도 홀로가 아닌,
낡아가는 찻잔 세트다

굽은 기둥을 읽다

저 딱딱하게 등이 말라 터진 나무기둥
낮은 주춧돌에 부르튼 맨발로 구부정히 서서
우리들을 재우던 잠을 멈춘 나이테
어린 발들을 데울 한 뼘의 포근한 아랫목을 지키기 위해
입술처럼 터진 흰 등짝의 마른 숨결을 듣는다

뇌성雷聲이 거칠게 포효하는 저녁
떠받치는 지붕과 기댄 벽들이 흔들릴까 봐
밥상이 기울어지고 먹던 숟가락들을 놓칠까 봐
종아리에 일어선 힘줄따라 금이 갔다
잿빛 등이 쪼개지고 스민 비와 바람이 드나들면
꺾고 접은 채 구석에서 얼굴을 묻고 싶었을 안식
밖으로 흐르는 남루를 단단히 여미고 있다

어느 날부터 흰개미가 속을 파고들고
손발로 떠받친 채 다 파 먹힐 때까지
품은 것들이 불안해하는 것은 기둥의 죄라고
굳게 다문 말씀이 독백으로 갇혀있는 성소聖所
숭숭 뚫린 빈 개미구멍으로 아버지의 등이 보인다

퍼즐 · 1

우리 부부는
비 오는 날이면 커피를 마시러 나간다

한 잔 커피로도 마주 앉아
번갈아 마셔도 모자라지 않고
함께하는 시간이
짧아지는 것도 아니다
한 개의 우산으로 길을 나선다
작은 우산 속에서도
젖지 않는다

잔 나뭇가지를 흔드는 바람들이 지나가고
아름드리 나무기둥이 몇 번이고 흔들린 뒤에야
둘 사이에 놓인 한 잔으로도 넘칠 수 있고
작은 우산 속에서도
젖지 않는다는 걸 알았다

눈을 마주치지 않아도

잔 속에서 꽃이 피고
비 오는 날 비닐우산 속에서
이따금 해가 떠오른다

퍼즐 · 2

박꽃이 그려진 퍼즐판 하나를 샀다
고향집 지붕 위에 하얗게 피던 박꽃
퍼즐 조각을 아내랑 맞춰본다

자리를 찾지 못하고 주저앉아
불거져 나오는 나의 심술조차 아내는 말없이 보듬어 주고
달처럼 부푸는 그녀의 꿈을 채워주려다
울퉁불퉁 서로의 모서리를 붙안고
미로의 벌판을 헤매기도 했다

하나 둘 별을 밝혀 밤하늘이 빛나듯
박꽃이라도 한 판 질펀히 피워 보는 인생이 되리라고
그리 가난하지 않은 박 하나쯤도 덤으로 맺겠다고
쪽박 같은 가슴 한쪽도 비워 놓고
퍼즐 한 조각 들고 이 궁리 저 궁리한다

박꽃도 머리카락도 하얀 밤으로 피고 있다

마른꽃

아흔령을 넘는 홀어머니
일흔 살 아들 바짓단을 꿰매고
내의 속 느슨한 고무줄 감쪽같이 바꿔 주시는 손
머리 곱게 빗으시고 분 바른 옷단장은
창 너머 겨울 풍경을 맞을 뿐
현관문을 못 벗어난다

올 이도 없는데
어머니는 봄을 기다리듯 아침을 맞이하고
저녁이면 분 지우고 머리 풀고 누우신다
꽃잎은 말라도 향기는 품은 듯
병실에 누워서도 거울을 품으신다

장롱 속 풀 먹인 모시적삼
잠자리 날개옷 곱게 입으시고
젊은 날 꿈속에서 나르샤 나르샤
잠시 잠이 든 얼굴에 꽃이 핀다

* 어머니, 설 연휴 전날(2018.2.14) 입원하신 중환자병실 201호에서.

장마 일화—話

집 하나 짓는 일이 지각 장마로 늦어져
홀어머니와 아내를 이산가족으로 만든
못난 일흔이 됐다
젊은 날은 땅을 밟고 살다가도
나이 들면 아파트로 간다고 모두 말렸는데

기르던 강아지 한 마리 데리고
방 한 칸 빌어 자는 첫날 밤
마당 한 켠, 사다 준 새집을 마다하고
살던 아파트 쪽을 바라보며 컹컹 개가 운다
집옆을 담벼락 삼아 우두커니 서서
밤비를 주룩주룩 맞고 떨며 우는 꼴
졸지에 남의 집 쪽마루 끝에 앉은 나도
그 눈물에 베인다

집을 짓는 사람과 퍼붓는 비
서로 심사가 뒤틀리는 밤
어머니는 빗소리에 잠 못 드신다고,

아내도 딸네 집 창밖으로 비를 보고 있다고
비에 젖은 문자가 온다

그랬구나!
낡고 좁은 둥지에 밝은 아침
함께 보낸 일상들이 행복이었음을…

덧니

예뻤던 젖니를 밀쳐내고 삐죽이 내민
열다가 만 대문니 두 개
엄마는 죄인인 양 첫 아이 나를 부둥키고 울었다는데
동무들 이마랑 길바닥 돌에게 난타당하던 유년을 넘어
아내와 장모님 설득에 깜박 치과 문턱 넘을 뻔했던
생이별의 문턱에서 살아남은 덧니

태어나서도 덧니 같던 나는
로켓 실험에 헛간을 날리고 쥐 잡는 쥐를 키우던 초등생
별난 취미에 왼손잡이 변이종 장손이었다
애주가들 식구 속에 술 한 방울 못 마시는
어머니는 양조가釀造家, 나는 블랙커피 마니아
지금은 시 한 줄 읽지 않는 가족에게 시를 떠먹이고 있는
노란 강냉이 치열에 삐딱이 끼어 있는 보랏빛 이빨

덧니는 여전히 건재하다

여명 일기

리모컨이 아내의 손에 고삐처럼 쥐어진 채
텔레비전은 저 혼자 밤을 지새웠다

짧은 밀어蜜語 몇 개 던져놓고 내가 잠든 사이
남겨진 진공의 밤을 지우고 있었나 보다
주름으로 접혀가는 공간만큼 깊어지는 침묵
화면이 흘려놓는 의미 없는 것들로
비어 가는 곳간을 채웠나 보다
음악 같은 달콤한 말이 점점 소거되는 동안
빈 턱의 되새김질, 소리뿐인 말[言]을 삼키고
빨래를 널거나 마루를 훔칠 때도
귀는 텔레비전에서 말뿐인 소리를 줍고 있다
살면서 깨무는 일이 많아질수록 어금니는 짧아지고
조금씩 긴 포물선을 그려가는 입 꼬리를 본다

새날의 여명을 바라보며,
굳어가는 내 혀의 남은 봄날을 깨운다
잠든 아내의 손에서 리모컨을 끈다

멍꽃
— 동해 한섬 게딱지돌*을 탐석하다

거저,
한두 송이는 피었거니
동행길엔 으레 흐린 날도 있거니
생각은 하며 살아왔는데, 저렇게
무더기로 핀 검푸른 꽃들

등을 붙여 산다는 이유로
짐 하나 더 무겁다는 이유로
무심코 쏜 내 혀끝은
오늘도 화살이 되었나 보다
아내의 가슴에
또 한 송이 푸른 꽃이 핀다

부푼 꽃망울 한 번
활짝 틔워주지 못하고
분홍빛 가슴에 멍꽃이 피었다
온통 구멍투성이
헛꽃을 피웠다

총 맞은 것처럼**

* 게딱지돌 : 움푹움푹 둥근 홈이 파인 바닷돌.
** 가수 백지영이 부른 노래 제목.

즉석밥을 먹으며

아들과 딸네 집으로 아내가 불려가는 날들이
창밖 눈처럼 쌓여간다
나만 당하는 일 아니라고
딸을 맏이로 둔 친구 윤 사장의 말을 곱씹으며
혼자 즉석밥을 먹는다

허구한 날 딸네 집으로
아내를 무시로 빼앗기던 장인어른을 생각한다
지금의 나보다 훨씬 젊었을 생生홀아비 장인어른에겐
우렁각시 같은 즉석밥의 만남도 없던 시절이라
구인사 가마솥으로 미어지게 밥을 했어도 모자랐을,
요즘 아내들 관광 떠나기 전 끓인다는 미역국마저도
눈물 나게 고마웠을, 그 죄송한 날들 어쩌랴

한술 뜰 때마다 채신없이 움직이는 즉석 밥그릇
날이 갈수록 가벼워져 가는 내 속내 같아라
예쁜 자식들 곁으로 나비처럼 날아가는 아내
비닐 그릇 하얀 두껑이 날개 같구나

귀갓길 아내의 발목을 잡는 쌓이는 눈처럼
별 볼 일 없는 빈 그릇이 탑으로 쌓인다

상실喪失의 건너편

그림자의 뿌리는 빛의 대척점에 있지만
어둠을 먹고 자라는 버섯처럼
먹빛으로도 덮을 수 없는 울음이 있다
염호鹽湖 하나 무단으로 가슴을 찢고 들어 와
계절 없는 통증의 소금꽃을 피운다
대부분의 개화는 어둑한 저녁 시간부터
별이 달아나는 새벽 어느 시간까지이다

아버지를 묻고 온 후
어머니의 그늘에서 피어나는 상실의 꽃들이다
여기 저기 마구 피어나는 가시 돋친 꽃들의 망동과
한 생이 지고 떠나지 않는 꽃의 향기에 지친 아침은
노을의 모서리까지 긴 그늘로 잠들곤 한다
어머니는 가끔 닫힌 문을 열고 들어오는
익은 발소리를 듣기도 하고
식탁 건너편 의자에서 밥투정 소리도 듣는다 한다
달빛이 끌고 간 썰물로 허기진 가슴 속을
잦은 발자국 소리와 요란한 전화벨 소리로

자식들이 밤낮 채운다

당분간은 밤이 상실된 소란스런 계절이 필요하겠지만
어머니는 곧, 그늘진 방 화병 속 접시꽃을 비워내고
환한 뜰에서 맨드라미로 다시 꽃 필 것이다

* 꽃말 : 접시꽃/열열한 사랑. 맨드라미/건강, 방패.

기대고 싶은 산

산이라 부르기엔 보잘것없는,
넉넉한 젖무덤 같은 봉우리 하나 전부인데
우리 식구들은 굳이 산이라 부른다

살면서 마음 흔들리고
걷던 길이 출렁거릴 때,
저마다 기대고 싶은 산 하나 필요했나 보다
크고 작은 지진처럼 예고 없이 나를 비틀거리게 하는 세상
잡고 버틸 기둥 하나쯤 있어야 했겠지
어둡고 불안한 내일에도 꿈쩍 않을
희망봉 같은 거

둥지 한 칸 짓기 위해 기어이 수술대에 누인 산
잘려나간 붉은 땅에 튼, 새 둥지 낯설다
마지막 어머니의 젖을 놓던 유년에도
소리 없이 울었지, 아마

호랑가시나무*

밑창 없는 신을 신고 재 너머 겉보리 한 말 꾸러 간
아버지의 발바닥은 푸르다 못해
달빛조차 미끄러지는 검푸른 잎사귀처럼 반짝거렸다
반짝이는 건 별빛만큼이나 좋아하던 나는
닳고 닳아 맨질거리는 살이 쓰리고 아픈 빛이라는 걸,
또 하나의 슬픈 별빛을 일찍 보았다

산자락 아무렇지도 않은 낮은 곳에 서서
볼품없는 작은 꽃숭어리들 애틋이 부둥킨 가시나무
무성하게 피워놓은 이파리가 내 아버지의 발바닥이다
세상 모든 고통을 끌어안아도 아픔을 모르는 발톱
눈발 어지러운 골바람을 온몸으로 버티려고
언 땅을 긁는 발톱 소리 잎끝에서 날이 섰다

흰 눈 속, 붉은 열매들이 초롱초롱 목을 내밀고
삽짝 너머 들릴 아비의 발소리에 귀를 모은다

* 호랑가시나무 : 사랑의 열매 나무, 꽃말은 가정의 행복과 평화.

개똥소쿠리와 뺄셈

뺄셈이 서툰 건 순전히 개똥소쿠리 탓이다
소싯적, 할아버지가 날 위해 만들어 주신
자그마한 개똥소쿠리

옆구리 딱 맞는 소쿠리 어깨에 메고
개똥 쇠똥 주우러 이른 아침이나 해거름
이 골목 저 골목 마을 둘레길까지
뒤마려운 강아지처럼 돌아다녔다
개똥도 약에 쓰려면 없다고
몰려다니는 동네 개들 게으른 그 꽁무니들

개똥이 참외밭에서
상큼하고 달디단 개똥참외를 익혀가는, 해질 무렵
열한 식구 대문 들어서는 허기진 발소리
개똥 쇠똥, 꼴 한 줌, 삭정이 하나라도
손에 들고 오는 날엔 밥맛이 좋았다

숫자보다 먼저 배운 내 계산법에는

할아버지, 덧셈으로만 엮어주신 개똥소쿠리 속에
뺄셈기호가 없다
이순에 들자 시작한 덜어내고 퍼내는 공부
셈하는 열 손가락이 자꾸 안으로만 구부러져
개똥 줍던 골목길에서 더듬거리고 있다

약속

화창한 봄날
머리카락 하얗게 꽃 핀 아들이
어머니께 전화했다

"엄마, 벚꽃이 만장으로 폈어요!"

지난 설날 아들집에 온 어머니
장미공원 벚나무길 벤치에 함께 앉아
"꽃 다 피면 차~암 좋겠다"던
병석에 누운 어머니께
방금 꽃소식을 전했다

단둘이 마주만 보면
엄마! 하고 부르는
일흔 살 아이는
벚꽃 피면 다시 오자고 어머니랑
약속했는데

벤치에 혼자 앉아
꽃을 보지 않네

제 4 부

붉은 안녕

「무채색 겨울행」 화선지, 수묵담채 33×24㎝

허수아비

허수아비의 아킬레스건은
아킬레스건이 없다는 것이다
혼자서는 걷지 못하는 꼭두각시다

착한 농부가 데려가면
참새를 쫓지만
탐욕의 손을 잡으면
온갖 잡새를 불러들이는 하수인이다

마광수의 꽃

고목에 꽃 한 송이 피면
신기해 들여다보며 폰카에 담는 사람들

사람 고목에 꽃 한 송이 피면
망령 꽃이 피었다고 입방아 찧지만
장미는 몰래 피고, 사라는 즐겁다*

그에게 가시로 박혔을지 모르는 우리도
마음속엔 마광수** 살아있어
가슴 꼭 닫아걸고 저 홀로 피고 지는 꽃
그는 신나게 그렸고
우리는 모래 바닥에 꽃잎 하나 못 그릴뿐

가시밭길에서도 꽃을 피우던 그는
열 손가락마다 꽃을 피우고 싶어
스스로 가둔 독방에서
별꽃 피는 하늘정원으로 이사 갔다

아마도, 그는 장미공원 정원사로 복직했을 것이다

저절로 피는 그의 꽃밭에 우리는 살고

* 마광수의 시집 『가자, 장미 여관으로』, 소설 『즐거운 사라』의 제목을 따옴.
** (1951~2017)연대 교수, 소설 〈즐거운 사라〉로 필화 사건, 직위해제, 복직, 자살.

바람이 전하는 말

하나뿐인 기둥은 등뼈
가지마다 식솔을 이파리처럼 달고
폭우와 폭설의 밤을 두꺼운 페이지처럼 넘기는
남자라는 나무
쩡쩡 가문 날 우듬지로 물길을 열다가
짚단처럼 쓰러지며 짐을 벗는 나무

품은 꽃과 열매를 위해 그늘을 짜다가
30년이 흐른 어느 날,
그 친구 내외를 만났다
예나 제나 친구는 아직도 무성한
다만, 가을빛 나무였고
꽃으로 피었던 그 부인은
꽃처럼 지고 있었다

다시 해가 바뀐 어느 날
멀쩡하던 그 나무가 쓰러졌다고
우람했던 기둥이 풍선처럼 껍질만 남긴 채,

까맣게 속이 비어 가는 동안 아무도 들여다보지 못했다고…
시들어가던 그 꽃은 그늘이 사라진 햇볕 속에서
속없이 속만 파먹은 여자라고
벽에 걸린 마른 꽃 같은 핏기 없는 말
바람이 던지고 간다

느린 우체통을 찾습니다

빈 병 속에 담긴 편지가 6년이나 대양大洋을 떠돌다
이승을 떠난 뒤 전해진,
어느 연인의 연서에 관한 기사를 보았다

나는 그보다 더 오랠,
세상에서 가장 느린 우체통을 찾습니다
내 마음 비로소 그대가 알게 될쯤
진정 이해해줄 즈음 전해질

따가운 햇살이 돋운 쐐기풀도
시간으로 지우지 못할 날카로움이 있을까요
서로 할퀸 심장의 고동이 다시 제 걸음을 걷고
상흔마저 덤덤히 바라볼 만큼 무량한 시간이 흘어버린
미움이 사그라지고 아픔과 원망이 먼지처럼 바스러질,
그때

편지를 받고 단 한 번일지라도 가슴 두근거릴
입가엔 미소 잔잔히 띠며 봉투를 열고

가끔은 읽다가 먼 노을을 바라 볼 그때
그때쯤에야 전해 질,
아주 느린 우체통을 찾습니다

내게 상처받은 모든 사람 귀하

절리節理*

불덩이를 안고 팽팽히 맞선 채
절명도 불사한 어긋난 길이었나
마그마 들끓던 심장은 금이 가고
단칼에 베인 뼈들의 우듬지에
응고된 그 날의 꽃잎이 피어있다

오직 한 곳으로만 마음 쏟은 죄
끊어진 아킬레스의 분절을 본다
사랑은 무너져서도 무덤에 들지 못하고
접어버린 붉은 날개 단애로 섰네

격랑의 거문고 줄이 끊어지던 그 날
일순 정지된 직립의 오케스트라
숨 막히는 저 침묵의 사춤을
뉘라서 꿰매겠는가

* 절리 : 암석에 작용하는 힘에 의해 갈라진 주상, 판상, 구상 등의 형태로 생긴 바위.

먼 길

처음엔
세상 모든 돌[石]들이 돌[壽石] 같아서
등이 휘도록 업고 왔습니다

그러다가
돌이 다 돌은 아니라고
차가운 눈길로 바라보았습니다

내 등이 돌처럼 굽고서야
세상 모든 돌에서 제 모습이 보입니다
모두 다른 얼굴이지만 미운 데가 없습니다

발끝을 내려다보니
처음 돌을 바라보던 눈으로
먼 길 돌아왔습니다

감염기感染期

무균無菌인 아기의 입술은 두려움이 없다
무엇이 건 받아들이는 열린 창窓 같아서
습자지가 떨어진 물방울을 훅 삼키듯,
연습도 백신도 없던 해맑은 가슴
그 어떤 것에도 젖기 쉬운 나였다

처음 다가오는 사랑, 처음 들어서는 늪이었다
요분질에 눈을 뜬 안갯길은
늘 부드럽고 향기 그득한 별세상
몸의 젖은 부분과 남은 부분의 경계를 알지 못하며
앞서간 누군가가 수심을 적어 두어도
결코 설득되지 않았던 내 귀처럼
침몰 되어가는 저편의 서늘한 슬픔은 애써 외면했다

스톡홀름 증후군*의 늪으로 미끄러진 발목
온전히 홀로 치러낸 한기 같은 열병
누구에게나 하나쯤 항체로 남아있을,
그 미필적 고의의 날들

* 스톡홀름 증후군 : 인질이 인질범의 심리에 정신적으로 동조하는 현상.

꿈꾸는 도시

고층 병동에서 새벽의 도시를 본다
가로등과 건물들의 네온이 어둠 속에서 별이 된다
거대한 검은 몸통의 한쪽 폐만으로 호흡하는
낯설어진 이 침묵들의 깜빡임이
죽음과 기면嗜眠의 경계선을 긋는다

광야의 별 하나가 되리라던
밤을 거부했던 한 시절의 촛불이 되어
빛들이 서로 끌어안고 밀쳐내는
빗물 고인 질척한 거리를 배회하다가
핏빛 여명에 함몰되어버린,
하늘 귀퉁이 흐린 별 하나 되었지

유토피아 행 열차는 여명에 떠나고
오늘도 태양이 거두어갈 촛불들이 뒤척이는 아침
샹그릴라를 가슴으로부터 내려놓은 병동의 환자처럼
절름거리는 발걸음이 한 줄기 빛에 휘청이며 간다

상처도 꽃이다

가까워서
주고받는 아픔이다
서로 닿은 시간 속에
부딪히는 불꽃이다

멀거나
모르는 사이에는
필 수 없는 꽃

아무 의미 없는
불티 하나에도
아프게 필 수 있는 꽃이다

그래도 사는 동안
피운 꽃 한 송이 없다면
사막뿐인 가슴

꽃 지고

향기 더 그리워지는 건
아픈 꽃인 까닭이다

도비탄跳飛彈[*]

촉觸과 각角을 세운 매끄러운 몸단장은
당신의 가슴 깊숙이 향해 가는 길
당신도 밀어내지 못할 일념으로
그대에게 전부를 묻으려고 나를 장전합니다

나르는 내 운명에 도화살이 없다 해도, 행여
액살厄煞의 시공을 건널까 숨을 멈추고 날아갑니다
당신을 향해 던진 나를 안아주지 않는다면
돌아갈 길을 지워버린 단 한 번의 물수제비

그대가 바닷물보다 더 짜고 매워
내 작은 날갯짓은 적의를 품은, 한 마리 버드 스트라이크^{**}
그대 심장을 두드린 빗나간 사랑의 불꽃입니다

* 도비탄 : 딱딱한 목표물에 맞고 팅겨서 나간 탄환.
** 활주로에서 주행하는 비행기와 충돌, 사고를 유발하는 조류

붉은 안녕

마지막을 고하는 것들은 왜 붉게 젖나
산등에 걸린 해가 밀려드는 어둠을 활활 태울 때
붉을수록 더 달콤해지는 까치밥
남은 물기 한 방울 핏빛으로 끓는다
연두로, 초록으로 시절 따라 농밀하게 물들었던 나도
한 해 끝에 걸린 붉은 해를 보며 깊은 주름 하나 긋는다
지난날의 기쁨과 슬픔과 걸었던 희망 모두
뒤돌아보니, 얼굴 위에 화끈거리는 붉은 문신들

막차에 오르던 너의 등 뒤에서 내 눈은 붉게 젖고
산모퉁이 돌아가는 버스 꽁무니가 불티를 쏟는데
타들어 가는 가슴속 검은 연기 뱉지도 못한 채
스러지던 해를 덮고 잠들어 있는 내 붉음들이여 안녕을 고하자
어디론가 사라질 분주한 안녕들아
나를 찔렀던 그대의 가시조차 꽃처럼
어디에서든 붉은 장미로 피었으면 좋겠습니다

나릿골* 해우소

정라항에서 올려다보면
다랭이 같은 집들이 벼랑에 발을 딛고
앞집이 뒷집을 정수리에 이고 산다
하나같이 좁혀 앉은 전망 좋은 집
마당이 길이고 길이 마당인 이웃들
온 동네 가족인 듯 사는 내력,
올라 와 보니 금방 알겠다
그 흔한 자전거도 손수레도 무용지물인 계단길
그래서 손이 더 따뜻한 사람들 사나 보다

분홍꽃 듬성듬성 피운 늙은 복사나무 옆
문이 닫히지 않는 좁은 뒷간에서
산죽 두 그루 주인인 양 내다보고 있다
산죽을 밀어 놓고 웅크려 앉은 내 발끝에도
어김없이 하늘과 바다와 파도가 몰려든다
코앞에서 쟁그랍게 쳐다보는 명자꽃
새빨간 입술이 항구의 선술집 꽃처럼
야물게도 피었다

저 아래 때마침

항구를 막 빠져나가는 배를 따라가는지

아프던 배[腹]에서 온갖 묵은 시름도

다 빠져나간다

* 나릿골 : 삼척시 정라항, 가파른 산등성이에 밀집한 마을.

몽유도원 친구

학교도 고향도 제각각인 고 2년생
영화에 푹 빠져 배우와 감독이 꿈이었던 우리 세 녀석
학교 밖 이름 없는 연극회에서 처음 만났다
꿈은 가을에 핀 꽃몽오린 양 금방 사라지고

한 친구는 의사 되어 병원장이고
또 하나는 회사에서 퇴임한 자유인
싹도 못 틔운 꿈이 끝내 가시처럼 찌른다면서
그 병원장, 젊음의 꼬리를 잡고 헬스장의 스타가 되고
회사에서 풀려난 친구는 고희에 연극배우 되어
공연 일정 바쁘다며 스타 같은 화보, 폰으로 날아들고
강단을 떠난 나는 시를 읊조리고 있다

같은 꿈을 꾸었지만 또 다른 파도에 떠밀려
서로 다른 항구에 닻을 내리고
파도에 끊임없이 안부를 실어나른다
반백 년 넘어 오늘까지 묵은지 같은
35밀리 시네마스코프 총천연색, 그 몽유도원 친구

돋보기

맨눈으론 신문 한 줄 못 읽다가
돋보기의 화경火鏡 같은 눈이
꿈틀거리는 세상 실핏줄까지 훤히 보여준다
내 몸 수백 분의 일도 안 되는 작은 렌즈 건너
내가 보던 세상이 흔들리고 있다
눈이 밝아지니 남의 허물도 곧잘 보인다
조금씩 낙엽으로 물드는 아내에게서도
눈빛만은 점점 상향등燈으로 켜져 가는
돋보기 속 얼굴이 갈수록 만만치 않다

돋보기를 벗는다
적당히 눈이 먼 채 보이는
낯익은 세상도 어지간히 좋다
텔레비전 속 늙은 여배우의 주름진 얼굴도
예쁘게 착각할 여유 있어 좋다

야관문夜關門

어둠이 깔린 시장 모퉁이를 돌아
늘어 서 있는, 어느 술집 같은 이름이지만
아무나 들어서면 열리는 문이 아닙니다
눅눅한 저수지 둔덕이나
한때 흥청대던 읍내 역 앞 여인숙처럼
산기슭 철로 변에 무리 지어 피는 꽃이라고
아무에게나 향기를 팔지 않습니다
당신의 열정이 아무리 끓어도
차가운 와인잔을 들고 둥근 미소로 다가서도
당신의 새벽만 통증으로 부풀뿐입니다

구월의 꽃잎이 보랏빛으로 익는
늦지도 이르지도 않는 목마른 시간이 오면
그윽한 열기에도 입술이 열리는, 그때
당신의 목숨 같은 한 잔의 독한 술이라면
빗장 지른 뼈마디가 비로소
감추어둔 향기의 주머니를 열 것입니다

어느 절개지에서 또 당신을 기다리겠지요

여진餘震

찻잔 속 파문 같은 미진으로 조용히 두드리며
아픔이 아픔을 건넬 노크를 해왔지만
웬만해선 미동도 않을 안전지대라 믿은 나의 오만은
사막에 뿌리박은 선인장처럼 무장하고 있었다
내가 잠든 사이, 잠들지 못한
대지를 열고 분수처럼 떠난 뜨거운 심장 하나
폼페이의 화상 입은 영혼의 몰골로
한때, 나는 분연했다
딛고서야 할 단단한 땅의 발등으로 게워낸 끓던 마그마
견고한 암벽의 틈새를 가르며 훑고 간, 혼절한 저 유체
뱀처럼 대지의 균열이 골짜기의 강을 이루듯
내 가슴 깊이 크레바스로 그어 놓았다

나는 아직도 그대의 여진으로
루비콘* 강을 건너지 못한다

* 루비콘강 : 이태리 북부의 작은 강, 전쟁 또는 파견 뒤에 로마로 돌아오는 군사들이
  무장 해제 후 건너는 강, '돌이킬 수 없는 결정을 하다'는 뜻.

제 5 부

자화상

「자화상」 40×30㎝

연적硯滴

이슬 괸 샘물을 말없이 품었다가
조그마한 입술로 벼루밭을 적신다
흙으로 몸을 짓고 장작불로 뼈를 세운,
오욕마저 살라버린 누에의 순백으로 태어나
초유初乳의 꼭지를 문 것도, 품는 것도 물 뿐이다
오로지 드나드는 물의 길만 열어 놓고
문방사우와 백년가연을 맺는다
술병과 사발은 술을 안고
세상 안으로 쓰러지고 엎어지고
물도 술도 알곡도 주저 없이 끌어안는
오지랖 넓은 항아리와는 삶의 결이 다르다
달이 차고 이지러지는 흑백 풍경 속에서
흔들리지 않는 그림자로 사는 여인
일필휘지 묵향 속에 눈길 하나 없어도
낮은 곳, 틈진 곳 살펴 적시는

연적 같은 사람을 사랑하고 싶다

장독

햇살 꽂히던 자리에 빗줄기가 꺾인다
삼복을 넘어오고 엄동설한 속에서도
독은 품고 있는 팔을 풀지 않는다
닫힌 듯 열린 침묵의 숨소리로
흙에서 태어나 흙빛으로 살아가는 한데 삶이 전부다
스치는 햇살에 잠시 반짝이기도 하지만
비워도 품어도 늘 울타리로 서 있다

대마디처럼 물려받은 자리, 장독대 한 귀에서
면면을 둘러보니 생채기 한 둘이 아니다
금 간 늑골에 철사 감은 늙은 독과
터진 옆구리에 시멘트 이겨 바른 얼룩들
마주 잡아 줄 손마저 하나 뿐인, 제 몸 사린 적 없는 상처들
아무도 쳐다보지 않는 훈장을 달고 산다
어디서 날아온지도 모르는 돌멩이에
죄 없이 생이 날아가 버린
살다간 그림자들 거무룩히 누운 곳에서
하루 몫을 곱게 삭힌다

자화상

물기 젖은 낯으로 화장실 거울을 본다
익은 듯 낯선 얼굴이 나를 유심히 살핀다
뾰족했던 지난날의 턱선을 따라
각 진 볼살을 밀어 올리며 중력을 거역해본다
내리막길 동행하는 눈썹과 눈꼬리에
압축파일 된 주름 숲이 무성하다
그늘진 비탈길이 들어선 이마에
나만 해독 가능한 고딕 문자들이 있다

나들목 없는 지문을 열고 홀로 나선
무던히도 길을 내고 지우던 파피루스* 갈피마다
날 세워 쓰던 갈필도 무딘 걸음으로 돌아오는 길
만연체로 부려놓은 이랑 길이 젖어 있다
햇살과 달빛 속에 발화를 꿈꾸던 곳
골목길 촘촘한 지도 한 장 마주 본다

* papyrus : 종이가 발명되기 이전, 기록지로 만들어 쓰던 식물.

신흥사 연리목

오래전
개개비 둥지 위에 뻐꾸기 앉았다 간 듯
배롱나무 품에 안겨든 솔씨 하나 인연이 되어
지금은
늙어 주름진 배롱나무가
뻐꾸기같이 덩치 커진 소나무를
자식처럼 애워안고 서 있다

어미 몸이 부서져도
품 밖으로 벗어날 줄 모르는 자식더러
세상 사람들 혀를 차지만
기른 자식, 못난 자식 다 내 자식이라고
험한 세파에 등을 대고 온몸이 울타리 된 배롱나무
턱없이 작은 몸을 소나무에 입히고 삭아가는 옷
백 년 세월을 견디고 있다

신흥사* 연리목 앞에 서면
남녀 간 사랑타령은 한낱 세속 얘기

말라가는 육신에도 끝이 없는 모정
부처님도 말문 닫은 지 오래다

* 신흥사 : 강원도 삼척시 근덕면 동막리 1332번지 소재의 사찰.

새 한 마리가 남기고 간 하루

이토록 작고 보잘것없는 것이 떠났으면
허전함도 공기처럼 가벼워야 하거늘
어린 새의 부러진 날개 한쪽이 남긴 깃털 하나
내게 머물다 간 하루가 무겁다

식품점 주차장 바닥에서 마주친 걸 외면 못해
응급으로 달려간 동물병원도 고개를 가로저었다
조족지혈이라 했는데 모아 쥔 두 손에 피가 고인다
할 수 있는 능력이란 겨우 연고를 바르는 일뿐
처진 날개를 떨며 연신 짹짹짹
떠 먹이는 물기에 정신이 돌아오면
저물도록 어미를 찾는 듯 까만 눈이 자꾸 감긴다
아침, 아내가 살며시 부르는 소리에 짹짹
모기소리로 화답하곤 이내 고개를 떨구었다고
내 방문을 열고 울음을 터뜨린다

작은 새 한 마리가 하루를 남기고 간 내게
언제 떠나갈지 모르는 커다란 빈자리의 무게들을 예고했나

창 너머 보이는 됫박만 한 붉은 무덤 위에
쏟아지는 봄날이 힘겹다

욕지도행欲知島行

통영에서 연화도, 우도 거쳐 욕지도 가는 뱃길
여객선 좌석 뒤에 광고문廣告文 하나 눈길을 끈다
'낭만을 안은 섬 연화도, 보석을 품은 섬 욕지도'
예전에는 수줍은 듯 통통배만 반겨주던 우도
오늘은 품을 넓히고 여객선도 안아준다

함부로 발 디디면 왠지, 욕바가지 먹을 것 같은
이름도 야릇한 욕지는 '欲知'
그랬구나, 알고 싶고 궁금한 바깥세상을 향해
목을 빼고 솟은 섬, 궁금한 섬 하나씩
가슴에 품은 사람들 모여 산다

버스도 숨이 차오르는 등성이에 서면
푸른 물 속 깨금발로 직립한 절벽들
물비늘 수풀로 우거진 들고 난 곳마다
풍만하고도 질펀히 누운 이 여인의 속살
그냥 주저앉아 살고 싶다
세속인의 발들이 선경仙境을 거닐다 꿈을 털고 가는 곳

아서라, 욕지도 사람들이여
바깥세상엘랑 마음 두지마소
나는 어쩔 수 없이 속세로 돌아가는데
파도가 등 뒤를 따라오며 기어이 한바탕 욕더미를 퍼붓는다
이놈들아 하룻밤도 그리 길더냐! 거품을 물던 파도는
제 살던 섬으로 돌아갔다

초파일 일기

북평장날* 산 쥐틀 속에 쥐 한 마리 갇혔다
발목 잡힌 죽은 쥐가 싫어 상자 쥐틀을 샀는데
마주친 쥐의 눈을 보기가 또 안쓰럽네
온상 같은 아파트에 숨죽이고 살다가
마당 넓은 집과 바꾼 업보인 듯 아내도 질겁했다
웅크린 쥐가 덩달아 비명을 지른다
미쳐 다 자라지 못한 아직은 어린것이
수렁 많은 세상을 두려움 없이 내딛다가 영어圇圇된 몸
출구 없는 모서리에 온몸을 구겨 넣고
달아나지 못한 영혼이 몸속에서 떨고 있다
자유가 구속된 육체는 현실 속 애달픈 장애물
정작 몸을 키우려고 달려들던 미끼 멸치는 버려두고
밤새 울부짖던 목은 타지만 물이 없다

쥐꼬리 숙제에 쥐틀 째 물속에 담그던 아버지 손이 생각나
망설이다 트렁크에 싣고 강변길을 한참 달렸다
인가가 없어야 하고, 물이 있고 수풀이 무성한 곳
생각 많은 머릿속과 바빠진 눈길이 찾아낸 곳에서

118

쥐틀 문을 열자 최후의 직감인지 비명에 피가 묻는다
살아있는 모든 것들은 배우지 않아도 몸이 먼저 깨닫는가
열어 준 문밖에서 어리둥절, 나를 돌아보던 그 눈빛
환한 봄빛 사이로 어딘가에서 범종소리 울린다

* 북평 장날 : 강원도 동해시 소재 민속 5일 장.

두붓국

아내가 집을 비운 사이
국을 끓여 보려고 두부를 썰었다
냉장고 뒷칸에서 까맣게 저를 잊은 동안
낡아져가는 생生을 몇 번이고 울컥했나 보다
흐물흐물, 가누지도 못하는 것이 밤을 껴안고
서릿빛 각을 지키려던 몸

단단한 원형질의 뼈는 가뭇없이
세상 모퉁이를 돌 때마다 모서리가 무너지고
무시로 접질린 발목으로 주저앉은 자국
꼭꼭 숨긴 허세의 식은땀을 흘리며
세상 밖으로 끌려 나온 내 이력서인가?

봄눈 같은 누덕누덕한 제복 단칼에 벗고
주저앉은 어깨를 반듯하게 베어내면
턱없이 남을 작은 날[刃]일지라도, 곱게 썰어
한 그릇 두붓국을 빚어야겠다

사과 한 박스의 사유思惟

의형義兄이 사과 한 박스 보내왔다
잘 익은 사과처럼 벌건 등짝으로 가꾼 작은 과수원에서
포장지도 없이 고봉으로 담아 인편으로 보냈다

점박이도 있고 덩치 큰 놈, 그 반쪽인 놈
삐딱한 머리에 능청스런 얼굴
저희들끼리 붉은 맨살을 맞대고 넉살 좋게 엉겨있다
한 지붕 속 복닥복닥 살던
내 벌거벗은 기억으로…

같은 상자 안에서도 따로따로 둥지를 튼 사과처럼 사는 사람들
사과밭 한 번 가 본 적 없이 입만 새빨갛게 칠하고
사과謝過 같지 않은 사과로 요란하게 포장한 위선자들
뒤쪽도 사과일까 우리들의 맨 등살처럼…

사과 한 입 베어 물고 나는 갈라파고스로 간다
우리의 세월이 고스란히 나이테가 된
사과나무 숲으로

틈

옴짝하지 않는 녹슨 볼트 너트를 본다
서로가 조금씩 헐거워져 흔들린 틈새만큼
몸과 몸 사이 쐐기로 피어난 검붉은 침묵의 꽃

사뿐히 안고 돌며 거침없이 직진만 하던,
조이고 풀며 달려온 저 육신들
제 살점을 허물어 뼐 속으로 밀봉한 채
매끄러운 지난날이 너무 아름다웠다고
틈새로 스미는 바람도 견딜 수 없이 아파했지

언젠가는 우리의 빈틈도 녹 슬기 시작하겠지
등을 보인 순간 비집고 피는 서늘한 녹의 꽃
잠시 흔들린, 풀린 시간들이 외려 그리워지면서
서로에게 볼트 너트가 되어 주던 날이 사무칠 거야
옴짝 할 수 없는 엉긴 볼트 너트 외면하고 싶다
우린 아직 봄날이거던

맷돌

빈 오두막집 우물가에
낡은 맷돌 하나 바랜 겨울 볕에 앉아 있다
어처구니는 간 곳 없어 손끝으로 살짝 돌려본다
늙은 짐꾼의 가라앉은 어깨처럼 한 켠이 닳아서
마지막 노동을 끝낸 지 오랜 듯
살아온 날만큼이나 욱신거리는 아픔인지
온몸으로 삐걱댄다

포개져 스치고 돌던 두 몸이 서로 너무 익어
여직도 잡고 있는 손이 따스하다
깨진 입술과 낡은 이빨로
더는 콩 한 쪽 으깨지 못해 버리고 간
옛 주인의 멀어지던 발소리 그립다

기울어져 가는 오두막과 함께
야물던 한 시절이 주름진 채,
분신같이 지켜야 할 떠나지 못하는 이유를
어처구니처럼 꼭 잡고 있다

우물가에 드리운 하루의 빛과 어둠만 드나든다

나의 목욕탕 청문회기記

천 개의 투명한 눈들이 쳐다본다
피할 곳 없는 벌거숭이, 때에 전 나의 전부를
샅샅이 훑어보는 볼록렌즈의 동공과
광선검劍으로 채를 썰 듯, 탐색하는 레이저의 눈빛들
기억하지 못하는 먼 곳에서 이 순간까지
사라진 행적까지 언제든 울컥 쏟아낼 CCTV
저 깜박임 없는 눈들 앞에,
모르쇠와 묵비권은 어림없다

숨을 데 없어 진술 된 비릿한 것들
고스란히 끌려 나와 둥둥 떠돌다 널부러진 부끄러움들
자성自省의 물줄기로 조용히 흔적을 지운다
제 발로 걸어 들어간 증인이 제 치부를 드러낸 대가로
얼마 동안 나는 새처럼 가벼워질 수 있다

천정에 맺혀있는 저 눈들과 맞서 본다
초롱초롱한 저들의 세상은 별처럼
삐딱하게 보는, 사시斜視 없는 해맑은 시선들

나는 기꺼이 죽비로 맞으며 욕조에서 나와

때 옷 한 벌 벗기 시작한다

청문회 출석 나의 일정은, 매주 화요일과 금요일이다

가정식 백반

어디나 있을 법한 함바집 같은
뒷골목 작은 식당 상머리에 앉는다
메뉴판 꼬리에다 주인이 직접 쓴 듯
더부살이로 걸려있는 '가정식백반'

어쩌다 가정 언저리에서 파도처럼 밀려 나와
짧은 아내의 이력이 전부라는 주인 혼자
세상 쓴맛 단맛 죄다 주물러 본 손맛으로 차려낼 것 같은
밥상을 기다린다
한정식으로 정장하기엔 언감생심이던가
육개장 설렁탕, 하다못해 된장찌개 김치찌개 같은
맛깔 분명한 유니폼도 입지 못하고
내 집에서 내 맘대로 차려 줘도
아무도 뭐랄 수 없는 수더분한 밥상이지만
무시로 어머니 밥 냄새 그리운 사람에겐
고향 생각도 한 술 고명으로 얹히고
돌아갈 집이 없거나 집이 먼 이들은
어쩔 수 없이 등 비빌 언덕일 터

그도 아니면 주머니가 간당간당한 사람들 입에 얼추 맞춘,
쓰고 달고 맵고 짠맛 두루 무쳐내는 밥상 차리는 소리
고향집 정지문 틈인 양 들린다.

마이 묵어라, 묵다보문 해도 뜨는 기라
어머니의 끓는 목소리가 등을 다독일 때
좌절의 등으로도 먹던 어머니의 백반
먹어도 먹어도 초승달처럼 배고프던 날의
내 어머니가 차린 밥상, 가정식 백반을 기다리고 있다

상엿집을 추모하다

적막이 먼지처럼 쌓인 동네 밖 뚝 떨어진 들판에
돌무지를 새끼마냥 끼고 엎드린 고향 상엿집
논귀에 박혀있는 퍼런 물웅덩이를 사철 내려다보고 있었다

덧니같이 틀어진 회색 문짝 사이로
엉덩이 쭉 빼고 들여다본 소싯적
상여가 바닥에 짐승처럼 웅크리고 앉아있다
뽑혀진 팔다리 같은 바지랑대와 깃발들이 나란히 세워져 있고
하얀 종이꽃을 머리에 잔뜩 꽂은 상여 곁으로
문틈에 기어드는 바람 따라 왠지 몸이 빨려 들어간다
버티는 엄지발가락이 고무신 속에서 땀으로 미끄러지고
할아버지 할머니도 타고 가신 꽃상여 속에서
딸랑딸랑, 종소리 환청으로 듣는다

어이 어이 울음 같던 상여꾼 소리,
이제는 어디에도 들리지 않네
상엿집도 북망에 들었는지 흔적조차 없다

하얀 망초꽃 상여를 밀어낸 검은 리무진
저승사자처럼 소리 없이 지나가는데
상가의 곡성은 장례식장 담 속에 봉인되고
상주는 하얀 상복 대신 까만 옷을 입고 침묵으로 서 있다
밤새 시끌하던 고인의 덕목은 입 다물고 다만,
적막을 깨는 55인치 대형 텔레비전 화면을 가득 메운
우람한 상여 한 채, 상여 두껍을 쓴 국회의사당이다
날마다 죽는…

아내는 통화 중

하루 치의 노동 같은
아내의 귀는 여전히 진땀을 쏟고 있다
오른쪽 귀가 중노동을 하고 있어도 왼쪽이 빈둥거리는 건
오른쪽에 붙박힌 전화기의 팔자 덕이다
조금 전까지도 울산에서 딸이 물고 늘어지던 귀
지금은 제발 장가 좀 가라고
인천 둘째에게 귀를 바치고 있다
조금 뒤면 아흔 노모에게 듣는
민간요법을 귀로 받아 적고
그 다음은, 아들 내외에게 육아법 강의에다 질의응답 하다 오면
귀가 반쯤 닫힌 남자랑 고성高聲의 대화가 기다리고 있다
가끔 휴대폰까지 왼쪽 귀에 따개비처럼 달라붙으면
통로를 잃어버린 양쪽의 말들이 외나무다리에서 만난다
다급한 아내의 손이 공중을 휘젓고
비정규직인 두 귀가 무임금으로 여전히 땀을 쏟는데
띵동~ 띵동~, 초인종이 기습하면
두 손에 든 아내의 전화기가 소스라친다
소리만 보이는 캄캄한 밤중 같은, 백주의 풍경이다

짧아진 양초 곁에서

어느새 왔는지
나도 모르는 곳에 서 있는,
짧은 촛불 아래

낮은 불꽃이 되고서야
세상이 더 환하게 보인다

눈물로 허리가 굽고서야
수족관 물고기의 눈물이 보인다

낮아지고 굽어지니
어머니 그림자 참 길다

작은 생의 빛들이
내 곁에도 참으로 많이 반짝이는구나

남은 길 멀지 않은데
왜 이리 그리운 것들은
먼 곳에서 달려오나

기억의 시간과 말〔言〕, 그리고
사유의 방식

박 해 림
(시인)

기억의 시간과 말〔言〕, 그리고
사유의 방식

박 해 림
(시인)

일반적으로 인생이란 크게 네 가지 형태로 이해된다. 인간의 힘으로는 어쩔 수 없는 것이라고 여겨 전지전능한 절대자만이 우리의 운명과 장래를 결정할 수 있다고 생각하는 숙명주의자, 두 번째는 인생은 즐거운 것이며 세상 역시 그러함으로 골치 아픈 일은 덮어두는 것이 좋다고 생각하는 향락주의자, 세 번째로는 인생은 슬프고 의미 없는 것이어서 세상 모든 사물은 허무하며 고통으로 가득한 세계로부터 해방되어야 하는데

죽음만이 해결할 수 있다고 믿는 염세주의자, 마지막으로 현실 세계에서 자기에게 어떤 문제가 닥쳤을 때, 왜 그런 일이 일어났는가 하는 원인을 생각하고 그 원인의 제거와 문제를 해결하기 위해 노력하는 현실주의자가 그것이다. 물론 인간을 이해하기 위한 편의적 발상이지만 이 모든 인간형의 분류가 주는 공통점은 '행복'에 있다. 결론적으로 인간은 대부분 이 네 가지를 다 끌어안고 살고 있다고 하는 편이 옳다. 어느 한 곳에만 치우친 인생관이 어디 있겠는가. 스스로 정한 실천적 세계관에 의해 달라질 뿐이다. 이것이야말로 이성을 기초로 한 철학적 명제라 할 수 있다. 그렇다면 시를 쓰는 일 또한 이 모든 것을 끌어안고 아우르는 삶의 보편적 정서에 기초한 일종의 운동이라 할 수 있을 것이다. 자연, 인간, 사회, 정신 등 끊임없이 변화하는 것을 본질로 하는 철학적 정의가 이 시대에 특히 필요하기 때문이다.

1.

이번에 상재하는 『마티에르, 그 저문 들녘에서』는 박정보 시인의 두 번째 시집이다. 늦은 등단이긴 하지만 벌써 두 번째 시집을 엮는다는 것은 그만큼 시작(詩作)에 충실했음을 반증한다. 오랜 기간 대학에서 후학을 가르치고 정년 후, 본격적인 시작(詩作) 활동을 한 결과물일 것이다. 그러므로 이번 두 번째 시집은 그에게 큰 의미를 부여한다.

그의 시들은 대부분 일상 속에서 일어난 사유, 기억, 행동, 자연, 자아 반성, 상실, 회복, 발견, 가족, 연민, 상처와 깨달음의 선상(線上)에 놓여 있다. 많은 시인 또한 이 명제에 자유롭지 못하나 박정보 시인의 경우, 오랜 시간, 나름의 문학적 고양에 애써왔다는 점이 특히 돋보인다. 그 외 수석을 수집하고 한국화에 심취한 내공이 이를 뒷받침하며 내적 심미안과 성찰, 발견과 끊임없는 사유가 자연스럽게 내면의 세계와 합일을 가져왔다는 점이 그렇다.

평생 밥을 먹여주던 지루한 전공 책을 쫓아내고
한 끼 새참도 못 되는 달콤한 시집詩集을 방안에 들였다
새집에 새 가구를 바꾸듯 퇴임날 냉정히 정리했다
따뜻한 방에 널브러져 있는 시詩의 어깨너머로 창밖을 내다보니
차가운 땅바닥에 거적을 쓴 채
어깨 처진 상아탑의 둥선이 하얗게 낡아간다
깜깜 잊고 지내다가도 문득 나를 아프게 하는, 저 더미들

깜깜한 밤 거적 속에서 페이지 넘기는 소리 듣는다
푸르렀던 갈피에서 바스락거리는 고엽枯葉의 날까지
눈비에 젖지 않게 처마가 되고 밥이 되던 바위 같던 안식처

5촉 등불 아래 꼭꼭 눌러썼던 자음 모음을 중얼거리며
등이 휘어진 삶의 행간들이 밑줄 위에 앉아있네
함께 쓸고 닦으며 전전했던 단칸방을 벗어나자마자
낡은 개밥그릇처럼 쫓겨난 조강지서糟糠之書

내 먹던 밥그릇이 비에 젖고 있다

— 「조강지서糟糠之書」 전문

　시인은 평생의 직장으로 삼은, 밥을 벌어먹기 위한 일터로서 공과대학에서 가르침을 펴왔다. 제목 「조강지서糟糠之書」에서 확인되듯 '평생 밥을 먹여주던 지루한 전공 책을 쫓아내고'를 보면 생활에 무던히도 애를 써왔음을 알 수 있다. 지금은 '한 끼 새참도 못 되는 달콤한 시집詩集을 방안에 들였다'로 퇴직 이후의 일상에 찾아든 큰 변화를 보여준다. 그의 변화된 심경은 다음 구절에서 확인된다. '새집에 새 가구를 바꾸듯 퇴임날 냉정히 정리했다'는 이전과 이후의 삶 그리고 세계를 구분하고 잘라내어야만 하는 단호함이 엿보인다. 한편으로는 '차가운 땅바닥에 거적을 쓴 채/ 어깨 처진 상아탑의 등선이 하얗게 낡아간다/ 감감 잊고 지내다가도 문득 나를 아프게 하는, 저 더미들'을 놓지 못해 사뭇 가슴 저리는 심경을 드러낸다. 수십 년을 한 직장에서 월급쟁이로서의 여한 없는 세월을 보낸 직장인들은 '지겹다', '힘들다', '꼴도 보기 싫다', '미련 없다'는 등등의 말로써 이전과 이후를 무 자르듯 딱 잘라버리는 발언을 하지만 그 이면에는 생사고락의 시간을 단칼에 자를 수 없음을 감추고 있다. 어찌 회한이 없을 수 있으랴. 반어적 심경을 토로함이다. '캄캄한 밤 거적 속에서 페이지 넘기는 소리… 눈비에 젖지 않게 처마가 되고 밥이 되던 바위 같던 안식처… 함께 쓸고 닦으며 전전했던 단칸방'의 햇볕 같았던 그때 그 시절을 차마 놓지 못한다. 이미 놓았는데도 결코 놓을 수가 없는 것이다. 그 전의 삶을 칼금을 긋는다고 그 전의 물건과 연결되는 모든 방식의 삶을 끊어내고 지워버린다고 한순간에 가뿐히 지워지는 것인가. 지나간 시간의 무연함 속에 시인은 '내 먹던 밥그릇이 비에 젖고 있'음을 처연하게 바라보고 있다. 한편으로는 박정보 시인의 본격적인 시업(詩業)이 바로 여기, 이 자리에서 스스로 금을 그은 그 자리에서 새로 출발한다는 것을 알수 있다.

부드러운 뿔을 세우고 출향했던 푸른 날의 사슴
이제, 귀소 길 지워진 뿔의 우듬지엔 각질이 하얗다
언젠가는 흙바람 쓸고 갈 망각의 무덤에 누워
내가 물고 있을 비문의 말 지평에 그리고 있다
잿빛으로 낡아가는 기억의 보풀들 그러모아

달빛 북만 돋우는 미장되지 못한 캔버스
아직도 나는 거친 붓질을 하고 있다

보색 같은 우리들의 조우가 파렡 위에서
번쩍이는 나이프 아래 얼싸안고 기꺼이 으깨지던 날
거친 대지 위에서도 무지개를 꿈꾸지 않았던가
이제, 바스락거리는 들판은 목마른 철새들이 돌아올 시간
물기 촉촉했던 봄날의 이부자리 꿈결에 펼쳐 누우면
굳어 날지 못한 발목은 너의 질긴 연緣을 풀지 못하고
저문 들녘, 어제의 시간을 덧칠하고 있다

— 「마티에르, 그 저문 들녘에서」 전문

이 시는 시인의 현재적 심경을 잘 드러낸 작품이다. 진작 그림을 그려왔던 시인의 삶은 이제 캔버스 앞에 놓여있다. '잿빛으로 낡아가는 기억의 보풀들 그러모아/ 달빛 북만 돋우는 미장되지 못한 캔버스/ 아직도 나는 거친 붓질을 하고 있다'고, '거친 대지 위에서도 무지개를 꿈꾸'고 있음을 고백한다. 퇴직 이후의 시간은 이미 젊음이 지나간 지대다. 무엇을 하긴 해야 하는데 정작 더는 열정적인 몸과 마음이 허락하지 않는다. 하지만 시인은 이 모든 것을 한 번에 밀어낸다. '이제, 바스락거

리는 들판은 목마른 철새들이 돌아올 시간/ 물기 촉촉했던 봄
날의 이부자리 꿈결에 펼쳐 누우면… 저문 들녘, 어제의 시간을
덧칠' 함으로써 새로운 현재가 예비되어 있음을 알겠다.

흐름이 박제된 젊은 날 한 때
순종의 고드름이었던 내게도
가운데 손가락처럼 하늘 향해 치켜들었던
후미진 곳에 켈로이드*가 있다

— 「빙폭氷瀑」 일부

앙상한 차車의 뼈대가 작은 거울 하나 쥐고 있다
밀봉된 시간과 핸들이 걸어온 길들이
죄다 묶인 눈[眼]의 문서

길 위에서 속도의 화살이 빠져나간 순간
불수不隨의 속력은
비포장 외진 길 모퉁이에 유기됐다
충혈된 전조등은 소실점까지
화살의 꼬리를 좇아간 후 돌아오지 못했다
한동안 바퀴에 머물던 바람도 슬슬 집을 나서자
곧이어 길을 잃은 빗물들이 우르르

괄약이 느슨해진 창문으로 들어섰다
(중략)

검은 문신처럼 지우기 힘든 그리움이
지순한 문장으로 퇴고 된 반세기
지나가던 햇살이 반짝 거울 속 문장을 흔들면
가끔 귀퉁이로 터져 나오는 밀봉된 지난날들

— 「백미러」 전문

옴짝하지 않는 녹슨 볼트 너트를 본다
서로가 조금씩 헐거워져 흔들린 틈새만큼
몸과 몸 사이 쐐기로 피어난 검붉은 침묵의 꽃

사뿐히 안고 돌며 거침없이 직진만 하던,
조이고 풀며 달려온 저 육신들
제 살점을 허물어 뼐 속으로 밀봉한 채
매끄러운 지난날이 너무 아름다웠다고
틈새로 스미는 바람도 견딜 수 없이 아파했지

언젠가는 우리의 빈틈도 녹 슬기 시작하겠지
등을 보인 순간 비집고 피는 서늘한 녹의 꽃
잠시 흔들린, 풀린 시간들이 외려 그리워지면서

서로에게 볼트 너트가 되어 주던 날이 사무칠 거야
옴짝 할 수 없는 엉긴 볼트 너트 외면하고 싶다
우린 아직 봄날이거든

— 「틈」 전문

위의 시들은 전업시인으로서의 삶, 일상이 진행 중이다. '흐름이 박제된 젊은 날 한 때/ 순종의 고드름이었던 내게도/ 가운데 손가락처럼 하늘 향해 치켜들었던/ 후미진 곳에 켈로이드가 있다'(「빙폭氷瀑」)라고 시인은 기억 저쪽의 삶을 가리키고 있다. 아득한 젊은 시절, 좌충우돌 열심히 살아낸 그때의 삶은 그대로 빙폭(氷瀑)의 모습이 된다. 젊은 시절 생긴 상처는 시간이 지나면서 사라지는 것이 아니라, 더 커지거나 지울 수 없는 흔적으로 남는다는 것을 이 시는 보여준다. 시간이 지나면 잊히거나 지워지기를 바라지만 현실은 그렇지 않다. 기억은 애를 쓴다고 저절로 사라지는 것이 아니다. 애를 쓰는 만큼 상처의 흔적은 더욱 또렷해지는 것을 경험상 안다. '앙상한 차車의 뼈대가 작은 거울 하나 쥐고 있다/ 밀봉된 시간과 핸들이 걸어온 길들이/ 죄다 묶인 눈(眼)의 문서'에서 폐차, 또는 폐차장에 관한 시(詩)를 만난다. 차는 달려야만 존재의 가치를 갖는다. 달리고 달려서 기어이 폐차에 이른, 속도에 내몰린 차의 숙명이 우리의 삶과 닮아있다. 상처의 또 다른 확인이다. '검은 문신처럼 지우기 힘든 그리움이/ 지순한 문장으로 퇴고된 반세기/ 지나가던 햇살이 거울 속 문장을 흔들면/ 가끔 귀퉁이로 터져 나오는 밀봉된 지난날들'은 결코 지울 수 없는 상처이자 흔적이다. 수십 년을 굴려온 지난 시간이 눈(眼)에 밀봉되어 있으나 시적 자아는 그것이 자아의 눈(眼)이라는 것을 안다. 다 지난, 이미 흘러간 시간이어서 현재의 삶과는 분리되었을 것이라고 생각하지만 기회만 있으면 그것은 바깥으로 뛰쳐나오는 것이다.

시 「틈」은 또 다른 현재적 삶에 놓여 있다. '녹슨 볼트 너트'를 보면서 '조이고 풀며 달려온 저 육신들'의 일생을 확인한다. 그러나 그 속은 다른 세상이 있다. '매끄러운 지난날'이 너무 아름다웠으며 틈새의 바람도 아파했으나 충분히 견딜만한 것이었다고 말한다. '흔들리고', '풀린 시간'들이 없었다면 결코 아름답지 않았음을 알았기 때문이다. '우린 아직 봄날이거든'을 되뇌이는 시적 자아의 독백이 그것을 증명한다.

2.

아리스토텔레스의 시학(詩學)에서 이런 부분이 나온다. '시는 아름다운 것만으로는 충분하지 못합니다. 시는 물론 감미로워야 하지만 무엇보다도 청중의 마음을 사로잡지 않으면 안 됩니다. 사람의 얼굴은 웃는 자와 더불어 웃고, 우는 자와 더

불어 우는 법입니다. 만일 자신이 그대가 나를 울리고자 한다면 먼저 그대 자신이 고통을 느껴야 할 것입니다.' 이다. 이것은 모든 예술에 적용되는 것이지만 특히 언어를 매개로 시를 쓰는 사람의 경우, 문자로 표현하기 이전, 오감(五感)의 작동이 집중적으로 요구된다. 오감 중 무엇하나 소중하지 않은 것이 없을 것이나 소리(聽), 즉 시인이 처한 오독(誤讀)은 본인이 그 상황에 놓이지 않고서는 잘 이해될 수 없을 오류를 범한다. 박정보 시인은 스스로 '귀'가 고장 났음을 고백하면서 오류에 든 자신의 모습에 가슴 아파한다. 오래 사용했으므로 여기저기 탈이 나는 일은 어찌 보면 아주 자연스러운 일이나 일상을 살아내는 일에 크게 소용되는 '귀'는 많은 문제를 야기한다.

시인은 귀가 갖는 역할의 비중보다 더한 마음의 상처에 놓여 있다. 누군가의 도움을 받는다고 하더라도 견뎌내기 쉽지 않다, 그러나 전업 시인이 된 지금, 시(詩)의 세계에 깊이 몰입하면서, 자주 자아를 돌아보면서 새로운 상황에 흔쾌히 적응하고 있다. 세상을 향해, 세계를 향해, 자아를 향해 더 깊이 나아가는 꽤 괜찮은 시간이 당도했으므로. 보이지만 소리가 없는 세계, 들리되 보이지 않는 세계로까지 감각의 저변을 넓히는 시간을 맞고 있다.

양철 지붕을 두드리는 소나기 이명 속

점점 깊은 잠에 빠져드는 내 달팽이관
아내의 이탈된 음정이 귓바퀴를 흔들어도
귀보다 먼저 달려간 눈빛으로 살펴 들어야 하는 고단한 날들
무던히도 엿들으려던 바깥세상은 여전히 침묵하지만
해조음이 소거된 채 말라가는 내 미역귀

그리 슬프지만은 않았던 나만의 세상
잘 소통하던 사람들이 점점 무언극에 등장하는 날부터
무대를 내려와 구경꾼의 눈으로 바라보아야 했지
말[言]들이 헝클어져 덤불로 들어오는 귀 밖의 세상
가시 돋은 말도 쓰다듬으며 듣고 싶은 내 귓속은
섬이 되어간다

— 「오독誤讀의 귀」 전문

난청(難聽)의 상황에 든 이 시는 시인의 절박한 현실을 보여
준다. '양철 지붕을 두드리는 소나기 이명 속/ 점점 깊은 잠에
빠져드는 내 달팽이관'이 문제라는 것을 고백한다. 소리의 중
요성은 정작 소리를 잃기 전에는 실감하기 어렵다. 눈의 중요
성 또한 마찬가지일 것이다. 열심히 사용한 것은 모든 이들이
비슷할 터이지만 선천적인 문제가 개입되었거나 후천적 문제
일 수도 있다. 시적 자아는 부단히 애를 써보나 '아내의 이탈된

음정이 귓바퀴를 흔들어도' 좀체 소리에 접근하지 못한다. 그리하여 '귀보다 먼저 달려간 눈빛으로 살펴 들어야 하는 고단한 날들'에 직면한다. 하지만 '무던히도 엿들으려던 바깥세상'은 시적 자아를 향해 침묵할 뿐이다. 소통을 전제로 열린, '귀'의 존재는 사람과 사람 사이에 있어 상호의존적이었다가 일방적인 관계로 밀려난다. 시적 자아의 현실은 고립되고 다음의 시에서 전혀 다른 방향으로 튄다. '말(言)이 헝클어져 덤불로 들어오는 귀 밖의 세상'이 되어 스스로 '섬'으로 떠돌게 된 것이다. '고흐의 잘린 귀보다 못 듣는 내 귀는/ 대작 대작 말하는 뉴스 속 그 입술만 보고/ 가끔 대작大作한 줄 알았는데 대작代作하고'(「무명 화가의 화畵, 화火, 화禍」)있다고 자신의 처지를 애써 폄하한다. 청각의 오류임에도 모른 척 외면한다. 시적 자아는 그림을 그리면서 스스로 대작大作한 시절을 보냈으나 결코 대작代作하지 않았다는 사실을 강조함으로써 말의 오류를 희화화(戲畵化)한다. 자신이 처한 현실을 곡진하게 드러내면서 청각의 오류일 뿐 변한 건 아무것도 없다는 것을 강조한 것이다.

아들이 말했다
듣지 못하는데 시낭송회에서 무얼 할 수 있느냐고
아내도 말한다
들리지도 않는데 가요무대*를 열심히 본다고

그럴 때마다 나는 안다
못난 귀는 내게 있어도 아픈 몫은 같다는 걸

아들아, 바람소린 내 귀에 머물지 않고
너의 노크 소리도 들어올 수 없지만
숲들의 말과 풀이 자라는 소리 언제나 시끌벅적,
내 귓바퀴가 그리 외롭지만은 않단다

아내여, 나지막이 건네었던 우리의 밀어를 잊었는가
함께 했던 맹세 부르던 노래 그리우면
나는 귀로 듣는 게 아니라 가슴을 열고 본다오

모두가 세상 말소리에 귀를 기울이는 동안
내겐 가끔, 귀 없는 자의 말소리가 보인다오

— 「소리를 보다」 전문

　　귀를 내려놓은 시인은 이제 듣는 것과 보는 것을 동일시한
다. 한때는 듣는 것에 집착했다면 이제 그것을 내려놓는다. 내
려놓아야 한다는 것을 안다. 대신 더 큰 것을 얻게 된다는 것을
보여준다. '아들이 말했다/ 듣지 못하는데 시낭송회에서 무얼
할 수 있느냐고/ 아내도 말한다/ 들리지도 않는데 가요무대를

열심히 본다고// 그럴 때마다 나는 안다/ 못난 귀는 내게 있어
도 아픈 몫은 같다는 걸' 말한다. 자신을 다독이면서 시적 자
아는 이제 소리에 귀를 두는 대신 소리를 넘어 소리를 듣고 있
다. '아들아, 바람소린 내 귀에 머물지 않고/ 너의 노크 소리도
들어올 수 없'는 대신 '숲들의 말과 풀이 자라는 소리 언제나
시끌벅적,/ 내 귓바퀴가 그리 외롭지만은 않' 음을 알게 된다.
'듣는 것'과 '보는 것'은 구분되어 있으되 전혀 구분되어 있지
않음을 발견한 것이다. 단절이라고 여겼던 세상을 다시 소통할
수 있다는 것은 어마어마한, 획기적인 일이 아닐 수 없다. 아마
언어예술가인 시인이기에 소통이 가능해진 것은 아닐까. 그러
므로 시인이 감각하는 모든 세상은 보는 것도 듣는 것도 모두
언어가 되는 것은 지극히 자연스러운 일일 것이다. '아내여, 나
지막이 건네었던 우리의 밀어를 잊었는가/ 함께 했던 맹세 부르
던 노래 그리우면/ 나는 귀로 듣는 게 아니라 가슴을 열고 본
다오' 하며 다시 한번 강조한다. '내겐 가끔, 귀 없는 자의 말소
리가 보인다오'라며 귀가 함의하는 소리의 세상은 곧 시각적
형태로 얼마든지 변환된다는 것을 강조함으로써 새로운 세상
을 살아가고 있음을 보여준다.

'물기 젖은 낯으로 화장실 거울을 본다/ 익은 듯 낯선 얼굴
이 나를 유심히 살핀다/ 뾰족했던 지난날의 턱선을 따라…나만
해독 가능한 고딕 문자들이 있다(「자화상」)은 이제 보는 것만
으로도 얼마든지 낯선 세상과 새로운 세상을 만날 수 있기 때

문이다.

3.

　박정보 시인의 작품들은 아주 단단하다. 불필요한 조사의 남발, 반복적 어휘의 나열도 거의 없다. 이상(理想)과 고뇌를 부풀리거나 과장하지 않는다. 관념적 시어는 매우 경제적으로 필요한 만큼 적절히 사용하고 있다.' 시인은 「시인의 말」에서 '절정에서 피운 꽃이 아니라/ 마음 쓰리고 부대낄 때 토해 놓은/ 노트 속 헝클어진 언어들이다'라고 밝히고 있지만 '스스로 속내를 다독이던 흔적들이며/ 한 줄 시로 발아되면 고마울 풀씨 같은 것들'이라고 조심스럽고도 겸손한 자세를 보인다. 그러나 불꽃 같은 심지를 숨기고 있어 언제든 비상을 준비하고 있다.

　　　마주치며 지나가는 체형이 사뿐한 여자와
　　　바람같이 앞서가는 젊은 보행자의 뒤꿈치에서
　　　무게의 조각들이 깃털로 빠져나간다
　　　내딛는 보폭만큼 날고 싶은, 나비가 되려는 거다

　　　피둥피둥 복어 배로 갈 짓자 걷는 자에 압도되어
　　　북어같이 말랐던 아버지가 부끄러운 적 있다

어깨에 무거운 짐을 지고 절벽 길을 올라야만 했던
온 생生이 나비였던 아버지의 날개를 외면한 적 있다

저물녘의 나는 절벽 아닌 평짓길에서
애벌레로 오체투지 중이다
겹겹 두른 허물의 무게를 한 술씩 퍼낼 때마다
몸 보다 턱없이 컸던 아버지의 날개를 그리워하기 시작했다
나 하나의 무게로도 돋아날 줄 모르는 날개
오늘도 훨훨 날아오르려는 자들의 숲에서
여전히 나비를 꿈꾸다, 어쩌면
나방이 될지도 모를…

— 「나비를 꿈꾸다」 전문

　　시인의 소망은 단지 꿈이 아니다. 날개돋이를 꿈꾸는 것이다. 앞서 걷는 이들에게서 건강한 나비를 발견한 것은 결코 우연이 아니다. 나비가 되고 싶어 부풀어 오른 날개돋이를 발견한 때문이다. 모두가 젊고 싱싱한 삶을 가진 이들의 행보는 씩씩하고 아름답다. 하지만 '마주치며 지나가는 체형이 사뿐한 여자와/ 바람같이 앞서가는 젊은 보행자의 뒤꿈치에서…내딛는 보폭만큼 날고 싶은, 나비'는 어느새 '피둥피둥 복어 배로 갈 짓자 걷는 자에 압도되어/ 북어같이 말랐던 아버지'에게로 가 닿

는다. 그 아버지는 부끄러웠고 '어깨에 무거운 짐을 지고 절벽 길을 올라야만 했던/ 온 생生이 나비'였던 사람이다. 이제 시적 화자는 그 아버지를 떠올리며 스스로 자책하고 있다. '아버지의 날개'를 외면한 그때의 자신이 더 부끄러워서이다. 어린 시절, 가장으로서의 책무에 시달리며 열심히 일만 하는 아버지는 자식들에게 그다지 자랑스럽지 못한 경우가 많다. 겉모습이 번지르르하고 위풍당당한 외양, 그럴듯한 사회적 지위를 갖거나, 부자거나 하는 등등의 주변의 부러움을 사는 그런 남의 아버지가 멋져 보이기 때문이다. 그때의 아버지도 분명 날개돋이를 꿈꾸었을 것인데 어린 자식은 그것을 잘 알지 못했다. 그러나 이제 '겹겹 두른 허물의 무게를 한 술씩 퍼낼 때마다/ 몸보다 턱없이 컸던 아버지의 날개를 그리워하'며 자신을 돌아보고 있다. 가장으로서가 아닌 '나 하나의 무게로도 돋아날 줄 모르는 날개'를 가진 초라한 자신을 부끄러워하면서. 하지만 이대로 있을 수는 없다. '오늘도 훨훨 날아오르려는 자들의 숲에서/ 여전히 나비를 꿈' 꾸어야 한다. 나비가 되지 못하고 나방이 될지라도 말이다. 그때의 아버지처럼.

저 딱딱하게 등이 말라 터진 나무기둥
낮은 주춧돌에 부르튼 맨발로 구부정히 서서
우리들을 재우던 잠을 멈춘 나이테

어린 발들을 데울 한 뼘의 포근한 아랫목을 지키기 위해
입술처럼 터진 흰 등짝의 마른 숨결을 듣는다
(중략)

어느 날부터 흰개미가 속을 파고들고
손발로 떠받친 채 다 파 먹힐 때까지
품은 것들이 불안해하는 것은 기둥의 죄라고
굳게 다문 말씀이 독백으로 갇혀있는 성소聖所
숭숭 뚫린 빈 개미구멍으로 아버지의 등이 보인다

─「굽은 기둥을 읽다」 일부

밑창 없는 신을 신고 재 너머 겉보리 한 말 꾸러 간
아버지의 발바닥은 푸르다 못해
달빛조차 미끄러지는 검푸른 잎사귀처럼 반짝거렸다
(중략)
산자락 아무렇지도 않은 낮은 곳에 서서
볼품없는 작은 꽃숭어리들 애틋이 부둥킨 가시나무
무성하게 피워놓은 이파리가 내 아버지의 발바닥이다
(중략)
흰 눈 속, 붉은 열매들이 초롱초롱 목을 내밀고
삽짝 너머 들릴 아비의 발소리에 귀를 모은다

─「호랑가시나무」 일부

아버지에 대한 기억은 너무 오래되어서 파편화되었지만 분명한 것은 '어린 발들을 데울 한 뼘의 포근한 아랫목을 지키기위해' 무진 애를 썼다는 것, '떠받치는 지붕과 기댄 벽들이 흔들릴까 봐/ 밥상이 기울어지고 먹던 숟가락 놓칠까 봐' 온몸으로 지켜낸 가족에 대한 뜨거운 사랑과 헌신은 기억 속에 온전히 파본 없이 저장되어 있다는 것을 알 수 있다. '저 딱딱하게 등이 말라 터진 나무기둥'이 되어버린 아버지. 그 아버지는 이제 '잠을 멈춘 나이테'가 되었다. '굽은 기둥'이 되었다. 시 「호랑가시나무」에 이르러 아버지에 대한 기억은 좀 더 감각적으로 다가온다. '밑창 없는 신을 신고 재 너머 겉보리 한 말 꾸러 간/ 아버지의 발바닥'에서 '밑창 없는 신'은 '무성하게 피워놓은 이파리' 즉 호랑가시나무 잎사귀이며 그 잎사귀는 '내 아버지의 발바닥'이다. 호랑가시나무 이파리 색은 '검푸른' 빛이다. 시인이 감각한 슬픔의 빛깔은 '검푸른' 빛인 것이다. 살기 위해 삶의 가장 낮은 바닥을 걷고 또 걸어서 가시밭길 여기저기에 꾹꾹 눌러 찍어놓은 끝이 뾰족하게 날 선 발자국이며, 하도 닳고 닳아서 '달빛조차 미끄러지는' 반짝거리는 잎사귀인 것이다. 그 잎사귀 덕분이 '흰 눈 속, 붉은 열매'가 된 자식들은 '삽짝 너머 들릴 아비의 발소리'에 온몸을 기울여 귀를세우고 있다.

무심코 산골 빈 집 부엌에 들어섰다

불 먹은 날 까맣게 쌓인 시커먼 아궁이 싸늘한 입 언저리에 휑한 바람 무시로 지나가고 뜨거웠던 그림자만 잿속에 묻혀있다 검댕 같은 지난날들에 에워싸인 가마솥 누룽지 긁던 숟가락들 도회지로 흩어지고 낡은 주걱 붙잡고 녹슨 거적 덮고 있다 그을린 흙 부뚜막에는 어머니와 그 시어머니들 살다 간 눈물들이 소금 접시로 얹혀있다 감춰도 빈속이 훤히 보이는 어미는 밥 대신 물 한 바가지로 긴 밤을 지새웠을 엄동, 아궁이 불 지펴도 체온으로 달구던 단칸방 돌쩌귀 떨어진 쪽문 틈으로 보이는 시린 아픔들이 펄럭이는 도배지에 고스란히 얼룩 잠들어 있다

어머니, 빈 아궁이 앞에서 고향을 읽습니다

— 「아궁이」 전문

아흔령을 넘는 홀어머니
일흔 살 아들 바짓단을 꿰매고
내의 속 느슨한 고무줄 감쪽같이 바꿔 주시는 손
(중략)

올 이도 없는데
어머니는 봄을 기다리듯 아침을 맞이하고
저녁이면 분 지우고 머리 풀고 누우신다
꽃잎은 말라도 향기는 품은 듯

병실에 누워서도 거울을 품으신다

(하략)

— 「마른꽃」 일부

   삶의 가장 낮은 바닥에 입을 맞추고 발바닥을 놓는 아버지
가 있다면 그 곁엔 그런 어머니가 있다. '산골 빈집 부엌'은 시
간의 대부분 밭과 부엌에서 보낸 어머니, 그리고 수많은 시어머
니의 체취가 온전히 배어 있는 곳이다. 시인은 '무심코'라는 말
을 통해 '검댕 같은 지난날들'과 '가마솥'과 '숟가락' '주걱'
들을 만난다. 부엌에서의 지난 시간과의 조우는 '어머니와 그
시어머니들 살다 간 눈물들'이었으며, 빈속에 밥 대신 물 한 바
가지로 긴 밤을 지샜였던 '엄동'을 만난다. 어린 시절의 삶을
어머니와 할머니의 흔적을 더듬으며 과거와 미래가 교차한 현
재를 직시하고 있다. 이제는 떠나고 없는 그때의 사람 중 하나
인 시인은 '어머니'에 주목한다. '아흔령을 넘는 홀어머니/ 일
흔 살 아들 바짓단을 꿰매고/ 내의 속 느슨한 고무줄 감쪽같이
바꿔 주시는 손'에 머문다. 그 어머니는 이제 '현관문'을 벗어
나지 못하는 병든 어머니다. 앞서 '빈집'의 아궁이처럼 '빈집'
이 되어버린 어머니다. 시간과 함께 낡아가는 생명은 그래도 꿋
꿋하다. '올 이도 없는데/ 어머니는 봄을 기다리듯 아침을 맞이
하고/ 저녁이면 분 지우고 머리 풀고 누우'신다. 날마다 새로

운 삶을 살고 계신 것이다. 아버지를 묻고 온 후…어머니는 가
끔 닫힌 문을 열고 들어오는/ 익은 발소리를 듣기도 하고… 밥
투정 소리도 듣는다'(「상실喪失의 건너편」)한다. 돌아갈 그때까
지 사람은 제 삶을 충실하게 꿋꿋하게 끝까지 살아내어야 하
는 법이다. 이런 어머니와 함께 한 시간도 이제 시간 저쪽으로
남게 될 것이다.

시인의 남은 삶은 이제 온전히 아내의 함께 재구성된다. '다
행히 우리 둘은 긴 시간 잘 보낸 거지/ 부딪치지 말고 받들며
사랑으로 살자'(「찻잔 세트」)하며 '우리 부부는/ 비 오는 날
이면 커피를 마시러 나간다…눈을 마주치지 않아도/ 잔 속에
서 꽃이 피고/ 비 오는 날 비닐우산 속에서 이따금 해가 떠오른
다'(「퍼즐 · 1」), '고향집 지붕 위에 하얗게 피던 박꽃/ 퍼즐 조
각을 아내랑 맞춰본다…박꽃도 머리카락도 하얀 밤으로 피고
있다'(「퍼즐 · 2」)에서 오랜 시간 함께 시간을 보낸 부부의 사
랑을 재확인할 수 있다. 가족에 대한 뜨거운 심장이 시편 곳곳
에서 발현되고 있으며 기억과 시간은 동전의 양면과도 같아서
언제든 재생된다.

박정보 시인의 시편들을 읽으면서 시인은 '마티에르matiere'
와 같은 삶의 도면 위에서 사람의 힘으로 어쩔 수 없는 것을 애
써 바꾸려 하거나 한탄하는 것이 아니라, 있는 그대로 껴안고,
다독이면서 놓친 것은 더욱 소중히 품고 가꾸는 것을 보았다.
그 중심에는 사랑과 이해, 회복이 굳건히 자리하고 있었다.

박정보 _____

• 대구광역시 출생으로 2013년 계간 《시선》으로 등단하였다. 시집으로 「아버지」 「마티에르, 그 저문 들녘에서」가 있다. 현재 한국문인협회, 삼척문인협회, 두타문학회 회원으로 현재 강원대학교 명예교수로 있다.

시와소금 시인선 102

마티에르, 그 저문 들녘에서

ⓒ박정보, 2019. printed in Seoul, Korea

초판 1쇄 인쇄 2019년 08월 20일
초판 1쇄 발행 2019년 08월 25일
지은이 박정보
펴낸이 임세한
펴낸곳 시와소금
디자인 유재미 정지은

출판등록 2014년 1월 28일 제424호
발행처 강원 춘천시 충혼길20번길 4, 1층 (우24436)
편집실 서울시 중구 퇴계로50길 43-7 (우04618)
전화 (033)251-1195(팩스겸용-), 휴대폰 010-5211-1195
전자주소 sisogum@hanmail.net
ISBN 979-11-86550-96-0 03810

값 10,000원

🦌 강원문화재단
   Gangwon Art & Culture Foundation
* 이 시집은 강원도, 강원문화재단 전문예술창작지원금으로 제작되었습니다.